잭 런던의 클론다이크 강

작가가 사랑한 도시 04

# 잭 런던의 클론다이크 강

초판 1쇄 인쇄 _ 2010년 7월 1일
초판 1쇄 발행 _ 2010년 7월 10일

지은이 _ 잭 런던 | 옮긴이 _ 남경태

펴낸이 _ 유재건

펴낸곳 _ (주)그린비출판사 | 등록번호 _ 제313-1990-32호
주소 _ 서울시 마포구 동교동 201-18 달리빌딩 2층
전화 _ 702-2717 | 팩스 _ 703-0272

ISBN  978-89-7682-113-3 04800  978-89-7682-109-6(세트)
이 도서의 국립중앙도서관 출판시도서목록(e-CIP)은 e-CIP 홈페이지
(http://www.nl.go.kr/ecip)에서 이용하실 수 있습니다.(CIP제어번호:CIP2010002257)
책값은 뒤표지에 있습니다. 잘못 만들어진 책은 서점에서 바꿔 드립니다.

그린비출판사 나를 바꾸는 책, 세상을 바꾸는 책
홈페이지 _www.greenbee.co.kr | 전자우편 _editor@greenbee.co.kr

작가가사랑한 **도시** 04

# 잭 런던의 클론다이크 강

잭 런던 지음, 남경태 옮김

잭 런던에게 다가온 첫번째 큰 전환점은
거액의 수표(120달러)를 소설의 원고료로 받은 것이었다.
1899년 10월 30일 『애틀랜틱 먼슬리』가 지불한
「북미 여행」의 원고료였다.
— 러스 킹먼

▲▲ 북미 지역 지도. 샌프란시스코에서 태어난 잭 런던은 집안 형편 때문에 어릴적 부터 북태평양 연안에서 여러 직업을 전전하다 19세에 알래스카 행을 선택한다.

▲ 클론다이크 골드러시 시대, 유콘 주 스튜어트 강의 포구 풍경. 1896년 유콘 강의 지류인 클론다이크 강에서 황금이 발견되면서 금을 캐기 위한 사람들이 몰려들어 '클론다이크 골드러시'가 시작된다.

▶『클론다이크 강』(원제 *An Odyssey of the North*)의 주요 무대가 되는 유콘 주 일대의 지도. 잭 런던은 1897년 3월에 금광 붐이 일고 있던 클론다이크 강 유역으로 떠났으나 노다지의 행운은 얻지 못하고, 1898년 7월에 무일푼으로 병만 얻어 돌아온다. 하지만 눈 덮인 혹독한 대자연(적자생존의 법칙이 지배하는 세계)과 그곳에서 만난 다양한 부류의 사람들로부터 들은 이야기는 그의 사상과 작품에 큰 밑거름이 된다.

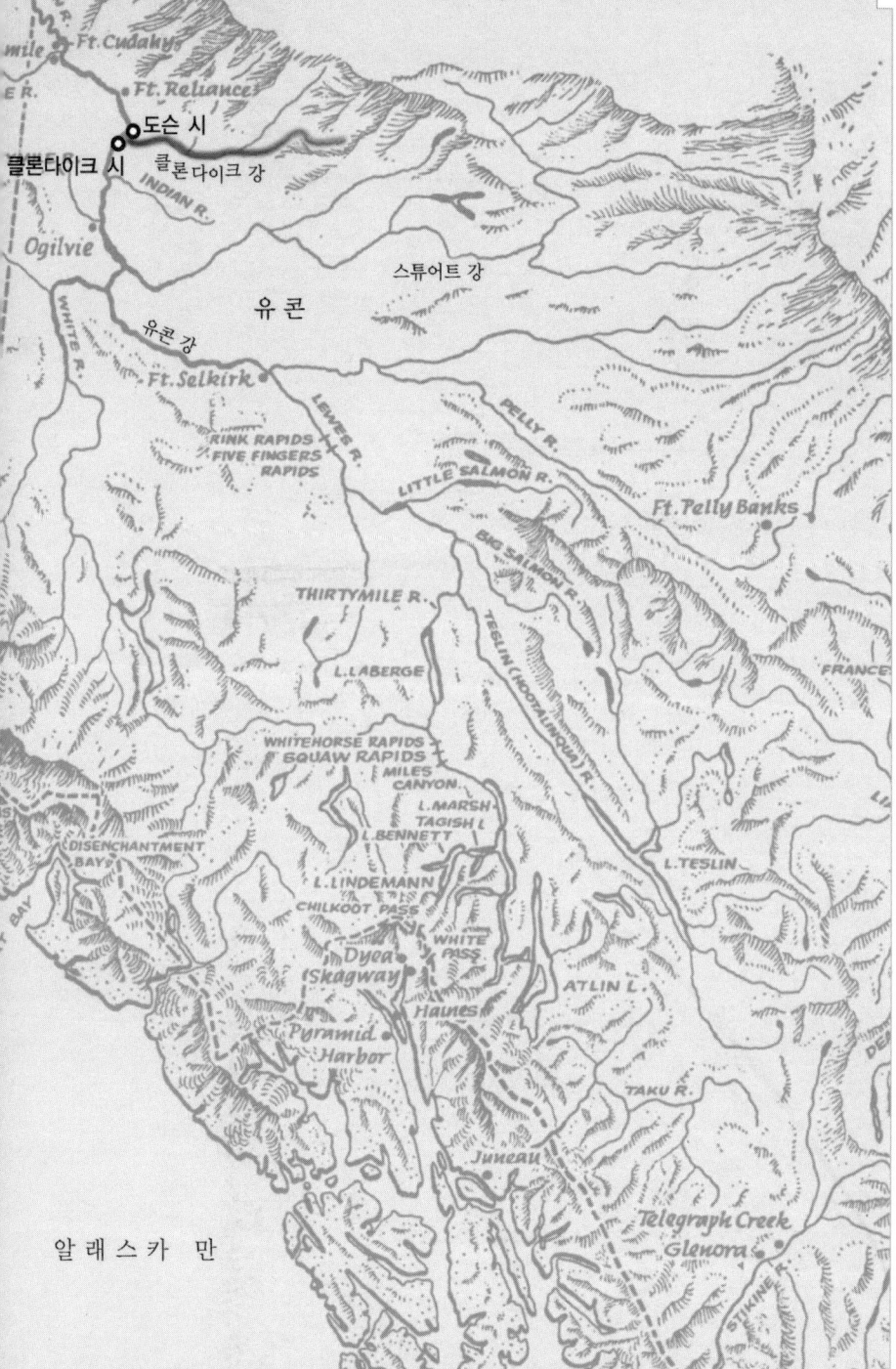

**일러두기**

1 이 책은 Jack London, "An Odyssey of the North", *Atlantic Monthly*, January, 1900을 완역한 것이다.

2 인명과 지명 등에 관한 간략한 설명을 담은 옮긴이 주는 본문에 작은 글씨로 덧붙였다.

3 외국 인명이나 지명, 작품명은 2002년 국립국어원에서 펴낸 외래어표기법을 따라 표기했다.

*Clondike*

# 북미 여행

썰매들은 내내 삐걱거리면서 몰이꾼들의 종소리에 맞춰 끊임없이 비가를 불러대고 있었다. 그러나 피로에 지친 사람들과 개들은 아무 소리도 내지 않았다. 그들은 이미 눈이 잔뜩 쌓인 먼 길을 왔다. 돌처럼 단단하게 얼어붙은 무스<sup>북미산 큰 사슴</sup> 고기가 실린 썰매는 짐이 없는 쪽으로 쏠렸다가 다시 제자리를 잡곤 했다. 어둠이 깔리고 있었으나 밤을 보낼 만한 야영지는 없었다. 느른한 대기를 뚫고 조용하게 눈이 내리고 있었다. 눈송이라기보다는 가냘프고 작은 서리 결정체라고 해야 할까? 날씨는 영하 10도 정도로 상당히 푹했다. 마이어스와 베틀스는 방한모의 귀덮개를 떼어 냈고 맬러뮤트 키드는 장갑마저 벗었다.

개들은 이른 오후까지도 지쳐 헐떡거리다가 지금은 원기를 되찾아 한층 기민한 움직임을 보였다. 쉴 새 없이 여기저기 기웃거리며 코를 킁킁대고 귀를 쫑긋대는 게 흔적을 찾기 위해 초조한 기색이 역력했다. 활발한 개들은 심지어 행동이 굼뜬 개들에게 화를 내고 엉덩이를 슬쩍 물면서 채근했다. 그렇게 재촉을 당한 개들은 분위기에 휩쓸려 다른 개들을 또 채근했다. 이윽고 선두에 선 썰매의 두목 개가 나지막하게 만족스러운 소리를 내며 눈 위에 자세를 낮추고 목걸이를 세차게 잡아챘다. 다른 개들도 뒤를 따랐다. 사람들은 등띠를 모아 쥐고 추적의 고삐를 죄었다. 썰매들이 거칠게 앞으로 나아가자 사람들은 썰매의 채를 움켜 쥐고 마치 썰매를 박차고 나갈 듯 발을 들어올렸다. 그들은 하루의 피로를 떨쳐 내고 개들을 격려했다. 개들도 명랑한 울부짖음으로 화답하면서 밀려오는 어둠을 뚫고 우르르 달려 나갔다.

"워! 워!" 사람들이 차례로 소리치자 썰매들이 갑자기 바람을 탄 돛배처럼 한쪽으로 기울어지면서 큰 길을 벗어났다.

100야드쯤 질주하자 등불이 밝혀진 창이 보였다. 거친 유콘 강의 난로, 따뜻한 찻주전자가 기다리는 그들의 산막이었다. 그러나 산막에는 외부인이 있었다. 60마리의 허스키들이 일제히 짖어 대면서 마치 커다란 모피 덩어리처럼 선두에서 썰매를 끄는 개들을 향해 돌진했다. 그때 문이 활짝 열리고 북서부 경찰의 진홍색 제복을 입은 사람이 걸어 나왔다. 그는 으르렁거리는 성난 짐승들을 침착하고도 공정하게 채찍 끝으로 어르면서 다스렸다. 그런 다음에 사람들은 서로 악수를 나누었다. 맬러뮤트 키드는 자신의 산막에서 이방인의 환영을 받은 셈이었다.

유콘 강의 난로에서 차를 끓이며 그를 맞이해야 할 스탠리 프린스는 다른 손님들을 맞아 분주했다. 산막에는 열두어 명의 사람들이 있었다. 여왕의 경찰이나 집배원으로 일했던 평범한 사람들이었다. 각자 출신은 다양했으나 공동생활은 그들을 동질

적으로 만들었다. 그들은 모두 깡마르고 강인한 체격이었고, 세월에 단련된 근육, 햇볕에 그을은 얼굴, 솔직한 태도, 맑고 차분한 눈매를 가지고 있었다. 그들은 여왕의 개들을 몰고 다니며 적의 가슴에 두려움을 안겨 주었고, 쥐꼬리만 한 급료를 받으면서도 행복했다. 모두 제각기 삶을 즐기고 나름의 업적을 남기고 낭만을 누렸으나 그런 사실을 알지는 못했다.

모두들 집에라도 온 듯 편한 자세였다. 프랑스계의 두 사람은 맬러뮤트 키드의 침상에 느긋하게 누운 채 그들의 조상들이 북서부 땅에 처음 들어와 인디언 여자들과 결혼했을 때 불렀던 샹송을 부르고 있었다. 베틀스의 침상에서는 건장한 선원 서너 명이 담요 속에서 발가락을 꼼지락거리며 그 중 울즐리의 함대에 복무했던 사람이 늘어놓는 하르툼 전투의 무용담을 듣고 있었다. 그가 이야기를 마치자 카우보이 한 사람이 뒤를 이어 버펄로 빌<sup>미국 서부 개척사의 전설적 인물</sup>이 유럽 각국의 수도들을 여행하면서 만났던 궁정, 왕, 귀족, 귀부인에 관해 이야기했다. 한구석에서는 패배한 전투에 참전했던 백인과 인디언의 혼혈인 두 명이 장비를 수선하면서 북서부에서 루이 리엘<sup>캐나다의 독립에 기여한 19세기 캐나다의 지도자</sup>이 반란을 일으켰던 시절을 회상하고 있었다. 사람들은 농담과 익살을 스스럼없이 주고받으며, 약간의 유머나 우스꽝스러운 일이 아니었다면 기억할 가치도 없는 시시껄렁한 산길과 강의 모험을 이야기했다. 그들은 역사를 지켜본 무관의 영웅이었으며, 위대한 일과 낭만적인 사건을 인생의 여정에 자연히 따르는 대수롭지 않은 것으로 여기는 사람들이었다. 그들에게 감화된 프린스는 귀중한 담배를 아낌없이 돌렸다. 프린스의 후대에 기분이 좋아진 사람들은 녹슨 기억의 사슬을 풀어내고 잊었던 모험을 회상했다.

이윽고 대화가 끊어지고 여행자들이 마지막 파이프를 채우고 단단히 말아 두었던 침낭을 풀자 그제야 프린스는 동료에게 고개를 돌려 더 많은 정보를 얻으려 했다.

맬러뮤트가 모카신의 끈을 풀면서 말했다. "저 카우보이가 어떤 자인지 자네도 잘 알잖은가. 동침 파트너를 보면 영국계라는 걸 쉽게 추측할 수 있지. 나머지는 다 숲속 사냥꾼의 후예야. 다른 피가 얼마나 섞였는지는 아무도 몰라. 지금 문 옆에서 고개를 돌리는 두 사람은 일반 혈통이거나 부아 브륄bois brule, '불탄 나무'라는 뜻으로 프랑스계 캐나다인과 북아메리카 원주민의 혼혈을 뜻함이야. 모직 목도리를 두른 젊은이는 눈썹과 턱 모양을 주의해 보게나. 엄마의 치맛자락을 붙잡고 우는 영락없는 스코틀랜드인이라네. 그리고 저기 외투를 베개로 베고 있는 잘생긴 친구는 말하는 걸 들으면 프랑스 혈통인 걸 알 수 있지. 그는 옆에서 고개를 돌리는 인디언 두 명을 좋아하지 않아. 왜, 루이 리엘 치하에서 '혈통'이 한창 뜰 때 순혈이 득세했잖아. 그 뒤로 양측은 서로 싫어하게 되었지."

"그런데 난롯가에 있는 저 무뚝뚝한 친구는 누구죠? 영어를 모르는 게 분명해요. 밤새 한마디도 하지 않았거든요."

"그렇지 않아. 영어를 잘 알아. 남의 말을 들을 때 그의 눈을 잘 봤나? 난 봤어. 하지만 그는 아무하고도 친척이 아냐. 사투리로 하는 말은 알아듣지 못하더군. 실은 그가 누군지 나도 궁금해. 어디 한번 알아보자고."

"어이, 난로에 장작 좀 더 넣으쇼!" 맬러뮤트 키드는 그 의문의 사내를 똑바로 쳐다보며 소리 높여 말했다.

그는 즉각 명령에 따랐다.

"어디선가 지독한 훈련을 받은 모양인데요." 그 모습을 보고 프린스가 나지막이 말했다. 맬러뮤트는 고개를 끄덕이며 양말을 벗었다. 그리고 난롯가로 걸어가 다른 사람들의 양말 옆에 자기 양말을 걸었다.

"언제 도슨에 갈 거요?" 맬러뮤트는 시험 삼아 말을 건넸다.

그 남자는 잠시 그를 빤히 바라보고 나서 대답했다. "거리가 75마일이래요. 이틀 걸리겠죠." 아주 약한 사투리 억양이 느껴졌지만 당황하거나 말을 더듬는 기색은 전혀 없었다.

"전에 거기 가 본 적이 있소?" "없어요."

"노스웨스트준주에는?" "있어요."

"거기가 고향이오?" "아뇨."

"당신 대체 고향이 어디요? 여기 사람들과는 다른데." 맬러뮤트 키드는 손을 휘저어 개몰이꾼들과 프린스의 침상에 들어간 경찰 두 사람을 가리켰다. "어디서 온 거요? 당신 같은 용모를 가진 사람들을 전에 본 적이 있는데, 어디서였는지 통 기억이 나지 않는구만."

"난 당신 알아요." 그는 맬러뮤트의 질문을 툭 자르면서 뜬금없이 말했다. "어디서? 전에 날 본 적이 있소?"

"아뇨. 당신 친구 파스틸릭의 목사 오래전에 본 적이 있어요. 나더러 당신 맬러뮤트 키드 만나느냐고 물었어요. 나한테 먹을 거 줬어요. 나 오래 있지 않았어요. 당신한테 내 말 안 했어요?"

"아, 그럼 당신이 바로 수달피를 주고 개를 산 사람이란 말이오?" 남자는 고개를 끄덕이고는 파이프를 두드리며 모피 거래에 관한 이야기는 하고 싶지 않다는 의사를 표했다. 맬러뮤트 키드는 등잔불을 입으로 불어 끄고 프린스와 함께 담요 밑으로 들어갔다.

"그래, 저자의 정체가 뭐예요?"

"모르겠어. 얘기가 샛길로 빠지더니 입을 닫아 버렸어. 호기심을 자극하는 친구야. 전에 이야길 들은 적이 있네. 8년 전에 해안 지역 전체가 저 친구 때문에 시끌시끌했지. 수수께끼 같은 사람이라네. 한겨울에 여기서 수천 마일 떨어진 북부에서 내려왔어. 마치 악마가 쫓아오는 것처럼 베링 해 언저리를 돌아다녔지. 고향이 어딘지는 아무도 모르지만 좌우간 아주 먼 곳인 것만은 틀림없어. 험한 여행을 한 끝에 골로빈 만에서 스웨덴 선교사들에게서 식량을 얻고 남쪽으로 가는 길을 물었다더군. 이 이야기는 나중에 들었어. 그 뒤 그는 해안에서 벗어나 곧장 노턴 해협을 건넜다네. 천 명이나 되는 사람들이 죽은 지역에서 심한 눈보라에 강풍이 몰아치는 지독한 날씨를 뚫고 헤매다가 세인트마이클 섬을 놓치고 파스틸릭에 상륙했지. 가진 거라곤 개 두 마리밖에 남지 않았네. 굶어 죽기 직전이었지.

그는 어떻게든 계속 가려 했지. 루보 신부가 그에게 식량을 좀 줬지만 개는 가져가지 못하게 했기 때문에 그는 여행을 계속하려면 내가 갈 때까지 기다려야 하는 처지였어. 이 율리시스 같은 사내는 개 없이 갈 수는 없다는 걸 잘 알았으니까 며칠간 초조하게 기다렸지. 그의 썰매에는 말끔히 손질한 수달피가 한 보따리 실려 있었는데, 자네도 알다시피 같은 무게의 금만큼 비싼 물건이잖아. 파스틸릭에는 샤일록 같은 러시아 상인이 훌륭한 개들을 갖고 있어. 그들은 오래 흥정하지는 않았지만 그가 남쪽으로 향했을 때는 이미 질주하는 다른 개 팀에게 크게 뒤졌지. 어쨌든 샤일록은 수달피, 그러니까 해달피를 차지했어. 나도 그걸 봤는데 아주 훌륭한 물건이더군. 전부 합쳐 적어도 장당 500은 너끈할 거야. 그런데 그 율리시스는 해달이 얼마나 비싼지 몰랐던 것 같지는 않아. 그는 인디언 혈통이야. 말투를 보면 백인들과 어울린 기미가 거의 없어.

바다가 녹자 그가 식량을 확보하러 누니바크 섬으로 들어갔다는 소문이 들리더군. 그 뒤에는 그의 소식이 끊겼어. 그러니까 지금이 8년 만에 첫 소식이지. 그동안 어디서 뭘 했을까? 왜 있던 곳을 떠났을까? 그는 인디언인데, 어디서 뭘 하며 살았는지 아무도 모르는 건 인디언에게 특이한 일이야. 자네가 풀어야 할 또 한 가지 북부의 수수께끼라네, 프린스.”

“아주 고마워요. 하지만 당장 할 일이 너무 많아서요.” 프린스가 말했다.

맬러뮤트 키드는 벌써 잠들어 있었다. 그러나 젊은 광산 기술자는 어둠 속을 똑바로 응시하며 핏줄 속을 흐르던 묘한 오르가슴이 가라앉기를 기다렸다. 잠들었을 때도 그의 두뇌는 활동했다. 꿈에서 그는 눈 덮인 미지의 곳을 헤매고 개들과 함께 끝없는 길을 가면서 사람들이 살고 일하고 남자답게 죽는 모습을 보았다.

•  •  •

이튿날 아침 동이 트기 몇 시간 전에 개몰이꾼들과 경찰관들은 도슨을 향해 출발했다. 하지만 여왕 폐하에게 봉사하고 아랫것들의 운명을 지배할 권력은 집배원에게 휴식을 주지 않았다. 한 주일 뒤 그들은 스튜어트 강에 가서 우편물을 잔뜩 싣고 솔트워터로 향했다. 개들은 새로 바꿨으나 바꾼 건 개들뿐이었다.

사람들은 원래 중간에 좀 쉬어갈 참이었다. 그렇잖아도 이곳 클론다이크는 북부의 신흥 지역이었다. 그들은 먼지가 물처럼 흐르고 댄스홀과 환락가가 즐비한 이 금광의 도시를 구경하고 싶었다. 하지만 그들은 전에 들른 곳에서 그랬듯이 양말을 벗어 말리며 저녁 담배를 즐기는 것밖에 하지 못했다.

배짱 좋은 한두 명은 복무에서 탈주하는 문제를 숙고했다. 동부의 미개척지 로키 산맥을 넘은 뒤 매킨지 계곡으로 들어가 치페와이언 지역의 옛 터전을 정복하면 어떨까? 심지어 두세 명은 복무 기간이 끝나면 곧장 집으로 놀아가기로 결심했다 그들은 마치 도시 사람이 휴일을 맞아 숲으로 놀러 가기라도 하는 것처럼 서슴없이 그 위험천만한 계획을 이야기했다. 수달피의 사내는 잠시도 쉬지 않았으나 대화에는 별로 관심이 없었다. 한참이 지나 그는 맬러뮤트 키드를 한구석으로 부르더니 한동안 낮은 목소리로 이야기했다. 프린스는 그들을 향해 호기심 어린 시선을 던졌다. 그들이 모자를 쓰고 장갑을 끼고 밖으로 나가자 궁금증은 더욱 커졌다.

얼마 뒤 다시 들어온 맬러뮤트 키드는 금 저울을 탁자 위에 올려놓고 무슨 물건의 무게를 쟀다. 무게가 60온스라는 것을 확인한 뒤 그는 그것을 그 사내의 배낭에 넣어 주었다. 그 뒤 개몰이꾼 대장이 비밀회의에 동참했다. 모종의 거래가 오가는 게 분명했다. 그 다음 날 일행은 강의 상류 쪽으로 출발했으나 수달피의 사내는 식량 몇 파운드를 가지고 방향을 되돌려 도슨으로 향했다.

· · ·

"잘한 건지 모르겠군." 프린스의 채근에 맬러뮤트 키드가 대답했다. "그 딱한 거지가 어떤 이유에선지 모르지만 복무를 중단하고 싶다고 했어. 적어도 그에게는 중요한 이유가 있었던 모양인데, 말하지 않더군. 자네도 알다시피 이 일은 군대와 다를 게 없네. 그는 2년 계약인데 풀려나려면 돈을 내는 방법밖에 없어. 그냥 탈주해서 여기 머물 수는 없으니까. 그는 어떻게든 이 지방에 있고 싶은가 봐. 도슨에 갔을 때 결심한 거 같아. 그런데 아는 사람은 아무도 없고 무일푼이야. 그나마 한두 마디라도 해본 사람은 나뿐이니까. 부지사를 만나 부탁했대. 나한테서 돈을 빌릴 테니 편의를 봐 달라고. 빌린 돈은 올해 내로 갚겠대. 게다가 날 부자로 만들어 주겠다고 했어. 방법은 모르겠지만 좌우간 그렇다는 거야.

어땠는지 알아? 날 데리고 밖으로 나갔을 때 그는 거의 울 지경이었어. 내게 애걸하더군. 눈 위에서 무릎까지 꿇기에 내가 일으켜 줬어. 미친 사람처럼 정신없이 부탁하는 거야. 뭔가 이유가 있어서 지금까지 오랫동안 일해 왔지만 지금은 완전히 절망했대. 그게 뭐냐고 물었더니 대답하지 않았어. 혹시라도 그 길의 반대편에 근무하라는 명이 떨어지면 앞으로 2년간 도슨에 가지 못할 텐데, 그럼 너무 늦는다는 거야. 그렇게 비통해하는 사람은 내 생전에 본 적이 없어. 난 어쩔 수 없이 조처해 주겠다고 약속하고 그를 눈밭에서 끌어내야 했어. 선금 받은 걸 생각해 보라고 말했지. 남은 돈이 있느냐고 물었더니 이러는 거야. 없습니다! 생기는 대로 당신에게 드리겠습니다. 상상할 수 없을 만큼 엄청난 부자로 만들어 줄게요. 당장 끼니도 못 챙기는 처지에 버는 돈의 절반을 내게 주겠다니 말이 돼? 뭔가 흑막이 있어, 프린스. 잘 생각해 보게. 그가 여기 머물면 앞으로도 소식을 들을 수 있겠지."아니면요?"

"그럼 내 선의가 물먹는 거지. 난 60온스나 내줬다네."

• • •

날씨는 춥고 밤은 길었다. 맬러뮤트 키드가 돈을 준 것은 태양이 남쪽의 설선雪線을 따라가며 산들 사이로 숨바꼭질을 시작할 때였다. 일월 초의 차가운 아침 짐을 잔뜩 실은 개썰매들이 스튜어트 강 하류의 산막으로 들어왔다. 수달피의 사내가 있었다. 그의 옆에는 유행하고는 완전히 담을 쌓은 것 같은 옷차림의 사내가 걷고 있었다. 운이나 배짱, 500달러의 돈을 이야기하려면 누구나 '액슬 건더슨'이라는 이름을 끌어들여야 했다. 모닥불을 피워 놓고 담력, 힘, 용기를 말하려면 반드시 그가 있어야 했다. 대화가 시들해지자 그의 재산을 나눠 가진 여자가 새로 이야기꽃을 피웠다.

사람들은 신이 액슬 건더슨을 창조할 때 오랜 술책을 이용해 세상이 어렸을 때 태어난 사람들을 본떠 만들었다고 말했다. 그는 키가 7피트나 되는 데다 엘도라도의 왕처럼 보이는 멋진 옷차림이었다. 가슴, 목, 팔다리를 보면 전형적인 거인이었다. 300파운드의 뼈와 근육을 지탱하는 그의 눈신은 여느 사람들이 신는 것보다 훨씬 더 컸다. 단단한 이마, 커다란 턱, 연푸른색의 강인한 눈매는 힘의 법칙 이외에 아무것도 믿지 않는 전형적인 사나이의 얼굴이었다. 익은 옥수수처럼 노란 머리털은 밤이고 낮이고 늘 서리에 덮인 채 곰가죽 외투 위로 늘어져 있었다. 개들을 이끌고 좁은 산길을 헤쳐 나가는 그의 모습에서는 희미하게 바다의 전설이 느껴졌다. 그는 남방을 약탈하러 나선 바이킹처럼 맬러뮤트 키드의 외양간 문을 채찍으로 거칠게 두드렸다. 프린스는 여자처럼 날씬한 팔을 드러내고 시큼한 밀가루 반죽을 빚으며 세 손님을 힐끗힐끗 쳐다보았다. 평생 한 지붕 아래 있어본 적이 없을 것 같은 손님들이었다. 프린스는 맬러뮤트 키드가 율리시스라고 부른 그 사내에게 여전히 호기심이 많았으나 지금은 액슬 건더슨 부부에게 큰 관심을 품었다.

부인은 여행에 지친 기색이었다. 그녀는 남편이 얼어붙은 페이스트릭<sub>알래스카에 풍부한 광물자원</sub>을 대량으로 차지한 이후 산막에서 느긋하게 휴식을 취하고 있었다. 맬러뮤트의 장난 섞인 조롱에 나른하게 대답하면서 남편의 넓은 가슴에 기대고 있는 그녀의 모습은 마치 벽에 기댄 가냘픈 꽃처럼 보였다. 프린스는 그녀의 깊고 검은 눈을 이따금씩 쳐다보며 묘한 흥분을 느꼈다. 그는 건강한 남자였고 벌써 여러 달 동안 여자를 보지 못했던 것이다. 부인은 프린스보다 연상이었고 인디언 피가 섞여 있었다. 하지만 그전까지 그가 보았던 원주민 여성들과는 달랐다. 대화를 통해 프린스가 알아낸 것은 그녀가 여행을 무척 많이 했다는 사실이었다. 따라서 그녀는 여느 여성보다 많은 것을 알았고, 풍부한 경험으로 특별한 안목을 지니고 있었다. 이를테면 말린 생선을 조리하거나 눈 위에서 잠자리를 만드는 솜씨가 뛰어났다. 하지만 그녀는 여러 코스로 이루어지는 만찬에 관해 꼬치꼬치 따지거나, 거의 잊힌 옛날 요리를 말할 때 자주 분란을 일으키는 습성이 있었다. 그녀는 무스, 곰, 북극여우는 물론 북부에 야생하는 양서류의 행동 양식도 잘 알았다. 게다가 숲과 시내의 전설에도 익숙했으며, 부드러운 눈밭 위에서 살아가는 사람과 새와 짐승 이야기라면 모르는 게 없었다. 프린스는 그녀가 눈을 빛내며 벽에 걸린 '야영 규칙'을 열심히 읽는 것을 보았다. 이 규칙은 못 말리는 베틀스가 혈기 왕성한 시절에 쓴 것인데, 촌철살인의 유머가 섞인 훌륭한 작품이었다. 프린스는 여자들이 오기 전에는 늘 그 규칙을 돌려놓곤 했는데, 하필이면 이 원주민 여성이 읽을

줄이야. 하지만 이미 때는 늦었다.

액슬 건더슨의 아내는 남편과 함께 북부 전역에 명성이 자자했다. 식탁에서 맬러뮤트 키드가 옛 친구로서 그녀에게 짓궂은 장난을 치는 것에 힘입어 프린스도 첫 만남의 수줍음을 떨치고 함께 어울릴 수 있었다. 그녀는 그 불공정한 경쟁에서도 꿋꿋이 버텼으나 기지가 모자란 그녀의 남편은 그저 박장대소만 할 뿐이었다. 그는 아내를 무척 자랑스러워했다. 그의 표정과 몸짓에서 아내가 그의 삶에 어떤 위치를 차지하는지 여실히 알 수 있었다. 유쾌한 논전이 벌어지는 동안 수달피 사내는 아무 말 없이 밥을 먹었다. 다른 사람들이 한창 식사하는 동안 그는 일찌감치 식탁에서 물러나 개들에게로 갔다. 그의 동료 여행자들도 곧바로 장갑을 끼고 파카를 입고서 그의 뒤를 따랐다.

눈이 그친 지 벌써 여러 날 되었다. 썰매들은 꽁꽁 얼어붙은 유콘의 빙판길을 순조롭게 미끄러져갔다. 선두는 율리시스, 그 다음이 프린스와 액슬 건더슨의 아내였고, 맬러뮤트 키드와 노랑머리 거인이 세번째였다.

그가 맬러뮤트 키드에게 말했다. "추측이기는 하지만 옳다고 봐. 그는 거기 가 본 적이 없을 거야. 그래도 이야기는 그럴듯하고 내가 몇 년 전 쿠트니 지방에 갔을 때 들어본 적이 있는 지도까지 보여 주더군. 자넬 데리고 가고 싶었어. 이상한 사람이긴 하지. 누가 간섭하면 노골적으로 화를 내. 하지만 돌아오면 자네에게 첫번째로 사례하겠어. 나 다음의 몫을 주겠네. 또 나도 거기서 얻은 몫의 절반을 자네에게 주겠어."

키드가 뭐라고 말하려 하자 그가 소리쳤다. "아냐, 아냐! 이렇게 가고 있잖아. 고개 두 개만 넘으면 돼. 그런데 지도가 옳다면 왜 또 크리플 강이지? 무슨 말인지 알겠나? 왜 또 크리플 강이냐고! 그건 석영이야. 금이 아냐. 우리가 잘만 하면 횡재를 할 거야. 떼돈을 벌겠지. 거기 이야기는 전에 들은 게 있는데 자네한테 해줄게. 우린 도시를 건설할 거야. 수천 명의 일꾼이 훌륭한 운하를 만들지. 증기선이 나닐 기야. 화물을 잔뜩 싣고 방향 지시등까지 달린 증기선이야. 철도를 놓고 제재소와 발전소도 세우지. 은행, 회사, 기업도 생길 거야. 하지만 내가 돌아올 때까진 입 닥치고 있게!"

썰매들은 스튜어트 강변에 이르러 멈추었다. 끝없이 펼쳐진 서리의 바다가 미지의 동쪽을 향해 뻗어 있었다. 사람들은 썰매의 밧줄을 풀어내 눈신을 엮었다. 액슬 건더슨이 손을 털고 맨 앞에 나섰다. 밧줄을 엮어 만든 그의 커다란 신발은 바닥의 눈 속으로 반 야드나 묻혔다. 그 덕분에 눈이 다져져 개들이 허우적대지 않을 수 있었다. 그의 아내는 썰매 행렬 맨 뒤로 빠져 거북한 신발을 다루는 능숙한 솜씨를 뽐냈다. 정적을 깬 것은 명랑한 작별인사였다. 개들이 낑낑거렸다. 수달피의 사내는 말을 듣지 않는 개에게 채찍질을 가했다.

한 시간 뒤 일행은 검은 연필처럼 보이는 원뿔 모양의 가파른 산봉우리를 곧장 올랐다.

• • •

몇 주일이 지난 어느 밤 맬러뮤트 키드와 프린스는 낡은 잡지에서 찢어 낸 장기 문제를 푸느라 골머리를 앓고 있었다. 키드는 보낸저 농장에서 막 돌아와 장기간의 무스 사냥에 나설 차비를 하면서 쉬는 중이었다. 프린스도 역시 겨우내 인근의 강과 산에 가 있던 터라 산막에서의 행복한 생활을 그리워하고 있었다.

"흑의 나이트를 중간에 끼워 킹을 몰아내. 아냐, 그건 안 돼. 자, 다음 수순을 보라고."

"폰을 두 칸 전진시키면 어때요? 중간에 잡아야 돼요. 비숍은 옆으로 치우고."

"잠깐 기다려! 그럼 구멍이 생기잖아."

"아뇨. 방어는 되죠. 앞으로 가요! 봐요, 되잖아요."

두 사람이 한창 열중해 있는데, 누가 문을 연거푸 두드렸다. 맬러뮤트 키드가 들어오라고 말했다. 문이 활짝 열리면서 뭔가가 비틀거리며 들어왔다. 문쪽을 향해 앉아 있던 프린스가 벌떡 일어섰다. 그의 눈에 어린 공포를 보고 맬러뮤트 키드가 몸을 돌렸다. 예전에 끔찍한 일을 많이 겪은 그도 소스라쳐 놀랐다. 그것은 몸을 기우뚱거리며 무작정 그들 쪽으로 다가왔다. 프린스는 뒷걸음질치며 벽에 걸어 둔 스미스앤웨슨19세기 미국의 총기회사 이름으로 손을 뻗었다.

"맙소사! 저게 뭐죠?" 그가 낮은 어조로 맬러뮤트에게 물었다. "모르겠어. 얼어 죽을 지경에다 먹지도 못했나 봐." 키드가 대답하며 반대 방향으로 물러났다. "조심해! 미쳤나 봐." 문을 닫고 돌아오면서 그가 경고했다.

그것은 식탁으로 다가왔다. 밝은 등불이 그것의 눈을 비추었다. 그것은 즐거워하면서 섬뜩한 목소리로 캑캑거렸는데, 알고 보니 웃음이었다. 사람이었다. 갑자기 그는 가죽바지를 잡아당기며 몸을 뒤로 젖히더니 뱃노래를 부르기 시작했다. 선원들이 캡스턴 고리를 귀에 대고 흔들면서 부르는 노래였다.

끌어라! 애들아, 끌어라!
선장이 그녀를 뒤쫓고 있단다.
끌어라! 애들아, 끌어라!
사우스캐롤라이나의 조녀선 존스라네.
끌어라! 어서 끌어.

그는 여기서 노래를 뚝 멈추더니 탐욕스럽게 으르렁대며 비척비척 고기 선반으로 다가갔다. 미처 제지하기도 전에 그는 날베이컨 덩어리를 이로 물어뜯었다. 막으려는 맬러뮤트 키드와 엉켜 잠시 몸싸움을 벌이다가 그는 갑자기 광기 어린 힘을 잃고 고깃덩이를 쉽게 내주었다. 키드가 간신히 그를 걸상에 앉히자 그는 몸의 절반을 식탁 위로 길게 뻗었다. 이윽고 그는 위스키 한 모금에 기운을 되찾고 맬러뮤트 키드가 앞에 놓아 준 설탕통에 숟가락을 넣었다. 그의 식욕이 다소 진정되자 프린스는 몸서리를 한 번 치고는 쇠고기 수프가 든 잔을 그에게 건네 주었다.

그의 눈에는 음산한 광기가 가득했다. 수프를 입에 넣을 때마다 강렬한 빛이 솟구쳤다가 사그라지곤 했다. 얼굴이 무척 여위고 볼이 움푹 꺼져 있어 도무지 사람의 얼굴로 보이지 않았다. 게다가 얼굴에 서리가 덧쌓여 반쯤 치유된 상처 위에 딱지의 층을 이루고 있었다. 거칠고 거무튀튀한 얼굴에 난 깊은 상처에는 붉은 새살이 돋아 있어 더더욱 끔찍했다. 넝마나 다름없는 옷 한쪽의 털에 불탄 흔적이 보이는 것으로 미루어 불가에 있었던 듯했다.

맬러뮤트 키드는 햇볕에 그을린 신발 가죽이 조각조각 잘려 나간 부분을 손으로 가리켰다. 혹독한 굶주림의 생생한 흔적이었다.

"당신…… 누구요?" 키드가 한 마디씩 끊어서 천천히 물었다. 하지만 사내는 신경도 쓰지 않았다. "대체 어디서 왔소?" 그제서야 그는 떨리는 목소리로 대답했다. "야, 양키 배가 가, 강을 내려왔어."

"그 거지가 강을 내려온 게 분명하군." 키드는 말을 더 유도하기 위해 그의 몸을 흔들었다.

하지만 그는 그 동작에도 겁을 집어먹고 두 손을 자기 몸 쪽으로 끌어들이며 손뼉을 한 번 쳤다. 그러더니 식탁에 기댄 채로 몸을 반쯤 일으켰다.

"그녀가 나를 비웃었어……. 눈에 증오가 가득했어……. 오지 않겠대."

목소리가 점점 잦아들었다. 그가 자리에 다시 앉자 맬러뮤트 키드는 그의 손목을 낚아채며 소리쳤다. "누가? 누가 오지 않겠다는 거야?" "그녀, 웅가. 그녀가 비웃고 날 공격했어. 그래서…… 그런 다음에……."

"그래서?" "그런 다음에……." "그런 다음에 뭐?"

"그런 다음에 그는 눈 속에 누워 있었어. 아주 오랫동안. 지금도…… 눈 속에…… 있어." 키드와 프린스는 절망적인 표정으로 마주보았다.

"누가 눈 속에 있어?" "그녀, 웅가. 두 눈에 증오를 가득 담고 날 쳐다봤어. 그런 다음에……."

"그래, 그래." "그런 다음에 그녀는 칼을 집었어. 한 번, 두 번…… 그녀는 약했어. 난 아주 느리게 움직였어. 거기엔 금이 많아. 무척 많아."

"웅가는 어딨어?" 맬러뮤트 키드는 그녀가 불과 1마일 떨어진 곳에서 죽었을지도 모른다고 생각했다. 그는 거칠게 그 사내의 몸을 흔들며 되풀이해서 물었다. "웅가가 어딨어, 어딨냐고?"

"눈…… 속에…… 있어." "더 얘기해 봐!" 키드는 그의 손목을 확 비틀었다. "그래서 난…… 눈 속에…… 묻힐 거야. 하지만 난…… 빚이 있어. …… 아주 많아. …… 빚이…… 빚이…… 많아." 그는 한참 더듬다가 말을 멈추고 주머니를 뒤져 사슴 가죽으로 된 자루를 꺼냈다. "빚이…… 선금으로 받은…… 금…… 5파운드야. …… 맬러……뮤트…… 키드." 말을 마치고는 피곤한 머리를 식탁 위로 떨구었다. 맬러뮤트 키드도 그를 다시 일으켜 세우지 못했다.

"율리시스야." 그는 나지막하게 말하며 먼지투성이 자루를 식탁 위에 던졌다. "액슬 건더슨 부부와도 관련이 있을 거야. 자, 이리 와서 함께 저 자를 침상으로 옮기자. 인디언이니까 죽지 않고 살아나 얘기를 더 해줄 거야."

그들은 그의 옷을 벗겨 냈다. 그의 오른쪽 가슴 부위에는 칼에 찔린 상처 두 개가 치료되지 않은 채로 있었다.

· · ·

"그때 있었던 일을 얘기할게요. 내 나름대로 얘기하겠지만 당신은 알아들을 거예요. 처음부터 말할게요. 나 자신과 그 여자에 관해서. 그 다음에는 그 남자에 관해서."

수달피의 사내는 난롯가로 다가왔다. 마치 불을 빼앗기면 그 프로메테우스의 선물이 언제라도 사라져 버릴지도 모른다고 두려워하는 것 같은 태도였다. 맬러뮤트 키드는 등잔을 더 높이 올려 불빛이 이야기하는 사람의 얼굴에 비치도록 했다. 프린스는 침상 가장자리로 옮겨 앉아 대화에 참여했다.

"내 이름은 나아스예요. 아버지는 추장이고 나도 추장이죠. 어두운 바다에서 해가 진 뒤부터 해가 돋는 시간 사이에 아버지의 '우미악'에스키모의 배에서 태어났어요. 밤새 남자들이 땀흘려 노를 저었고 여자들이 배 안에 들어온 물을 퍼냈죠. 우리는 폭풍우와 싸웠어요. 어머니는 가슴에 소금이 얼어 붙어 폭풍이 물러가자 숨을 거두었죠. 하지만 나는…… 바람과 풍랑을 이겨 내고 살아남았어요. 우린 아쿠탄에 살았죠."

"어디?" 맬러뮤트 키드가 물었다.

"아쿠탄. 알류산에 있어요. 치그닉 너머, 카달락 너머, 우니막 너머 아쿠탄. 우린 아쿠탄에 살았죠. 세상의 끝에 있는 바다 한가운데. 우린 그 짠물의 바다에서 물고기, 물개, 수달을 잡았어요. 우리의 집들은 숲 가장자리와 우리 카약이 있는 노란 해변 사이의 기다란 암반 지대에 다닥다닥 붙어 있었어요. 사람이 많지 않고 세상이 아주 좁았죠. 동쪽에는 낯선 땅이 있어요. 아쿠탄 같은 섬. 그래서 우린 온 세상이 섬이라 여기고 신경 쓰지 않았죠. 하지만 나는 부족 사람들과 달랐어요. 해변의 모래밭에는

부족 사람들이 만들지 않은 구부러진 목재와 파도에 뒤틀린 널
빤지가 있었죠. 삼면으로 바다가 내려다보이는 어느 섬의 곳에
서 나는 거기서 자라지 않는 매끄럽고 곧고 커다란 소나무 한 그
루가 서 있는 걸 봤어요. 사람들의 이야기에 따르면 두 사람이
그곳에 와서 여러 날에 걸쳐 주변을 둘러보고 오래도록 지켜보
았다고 해요. 두 사람은 바다에서 왔는데, 해변에는 그들이 타고
온 배가 부서져 있었지요. 당신들처럼 백인이고 약했죠. 그때 물
개가 멀리 가 버려서 사냥꾼들이 빈 손으로 집에 돌아왔어요. 나
는 이 이야기를 노인들에게서 들었는데, 노인들은 조상들에게
서 들었대요. 이 낯선 백인들은 처음에 우리 생활방식에 잘 적응
하지 못했지만 점차 물고기와 기름을 먹고 강해지고 사나워졌
어요. 집을 짓고 우리 여자들을 아내로 삼고 아이들도 낳았어요.
이렇게 해서 내 아버지의 아버지의 아버지가 되는 사람이 태어
났죠.

아까 말한 것처럼 나는 부족 사람들과 달랐어요. 바다에서 온
백인의 강하고 낯선 피를 물려받았죠. 이 사람들이 오기 전에는
법이 달랐다고 해요. 그런데 그들은 사납고 다툼이 심했어요. 그
들이 하도 부족 사람들과 심하게 싸우는 통에 나중에는 감히 그
들과 맞서 싸우려는 사람이 없었어요. 그 뒤 그들은 추장이 되어
옛 법을 없애고 새 법을 만들었죠. 이때부터 어머니의 아들이 아
니라 아버지의 아들이 추장이 되었어요. 또 그때부터 맏아들이

모든 재산을 물려받게 되어 다른 형제와 자매는 알아서 살아가야 했어요. 그 밖에 다른 법도 만들었죠. 물고기를 잡는 새로운 방법이나 숲에서 덩치 큰 곰을 잡는 법도 알려 주었어요. 굶을 때를 대비해서 식량을 많이 저장하는 방법도 가르쳐 주었죠. 그런 것들은 좋았어요.

하지만 그들이 추장이 되자 누구도 감히 그들을 화나게 하려 하지 않았어요. 오히려 그 낯선 백인들은 자기들끼리 싸우기 시작했죠. 내 조상은 팔 하나 길이 되는 물개잡이용 창으로 다른 사람을 찔렀어요. 그들의 자식들이 싸움을 물려받았고 그 후손들도 싸움을 계속했어요. 우리 세대까지도 두 집안은 서로 몹시 증오하고 싸웠어요. 두 집안에서 한 사람씩만 살아남아 혈통을 이었죠. 내 가문에서는 나 하나뿐이고 상대 가문은 딸 하나를 남겼어요. 그녀가 바로 웅가인데, 자기 어머니와 함께 살았어요. 그녀의 아버지와 내 아버지는 어느 날 밤 물고기를 잡으러 나갔다가 돌아오지 않았어요. 훗날 그들은 큰 물결을 타고 어느 해안으로 밀려갔는데, 그 뒤부터 서로 아주 가까워졌죠.

사람들은 놀랐어요. 두 집안이 워낙 미워했으니까요. 노인들은 고개를 내저으며 장차 웅가에게나 내게 아이가 생기면 또 싸울 거라고 말했어요. 나는 어릴 때부터 그런 말을 들어 그렇게 믿게 되었죠. 웅가를 적으로 여기고 나중에 그녀의 아이들과 내 아이들이 서로 싸울 거라고 생각했어요. 그런데 조금 자란 뒤에

난 왜 그래야 하는지 물었어요. 어른들은 대답했죠. '우리도 이유는 모르지만 조상들이 늘 그랬단다.' 나는 점차 조상들의 싸움을 계속하는 게 옳지 않다는 생각이 들었어요. 하지만 어른들은 그래야 한다고 말했고 난 아직 어렸죠.

사람들은 서둘러야 한다고 말했어요. 내 혈통이 웅가의 혈통보다 먼저 커지고 강해져야 한다고 했어요. 쉬운 일이었어요. 나는 추장이었으니까. 사람들은 내 조상들의 업적과 법, 그리고 내가 소유한 재산이 있기 때문에 내게 큰 기대를 걸었어요. 어떤 처녀든 부를 수 있었지만 아무도 내 마음에 들지 않았어요. 노인들과 처녀들의 어머니들은 서둘러야 한다고 말했어요. 사냥꾼들이 여전히 웅가의 어머니에게 열렬히 구애하고 있었거든요. 만약 그녀의 자식들이 내 자식들보다 먼저 강해진다면 내 자식들은 틀림없이 죽을 판이었어요.

마음에 드는 여자를 찾지 못한 채 어느 날 저녁 물고기를 잡으러 갔다가 돌아오는 길이었어요. 부드러운 바람이 부는 석양에 카약들이 흰 바다를 달리고 있었죠. 갑자기 웅가의 카약이 나를 지나쳐 갔어요. 그녀가 나를 힐끗 바라보는데 검은 머리털이 구름처럼 휘날렸고 뺨에 물보라가 튀었어요. 화려한 노을이 지고 나는 아직 풋내기였어요. 하지만 나는 분명히 알았죠. 그것은 애정의 시선이었어요. 앞으로 치고 나간 그녀는 노를 한두 번 저으면 따라갈 수 있는 거리를 두고 나를 돌아봤어요. 웅가라는 여자만이 보낼 수 있는 시선이었어요. 나는 또다시 애정의 표현이 라는 걸 확인했어요. 우리가 느린 우미악들을 따돌리고 한참 앞 서 나가자 사람들이 소리쳤어요. 그녀의 동작은 노처럼 빨랐고 내 가슴은 바람을 받은 돛처럼 부풀었어요. 신선한 바람이 부는 하얀 바다에서 우리는 순풍을 타고 물개처럼 달렸어요. 우리는 황금빛 석양에 물든 바다를 향해 고함을 질렀어요."

이야기를 하면서 나아스는 걸상 위에 몸을 웅크리고 노를 저 어 경주를 벌이는 시늉을 했다. 그의 시선은 난로를 넘어 흔들리 는 카약과 웅가의 흩날리는 머리카락을 바라보고 있었다. 그의 귀에는 바람 소리가 들렸고 그의 코에는 신선한 소금 냄새가 풍 겼다.

"해안에 도착한 그녀는 웃으며 모래밭을 올라 자기 어머니의 집으로 갔어요. 그날 밤 내게 굉장한 생각이 떠올랐어요. 아쿠탄 부족 사람 전부를 다스리는 추장에게 어울리는 생각이죠. 달이 떠오를 때 나는 그녀의 어머니 집으로 갔어요. 문가에는 야시누 시의 물건들이 쌓여 있었죠. 야시누시는 웅가와 결혼해 아이들 을 낳을 마음을 품고 있는 힘센 사냥꾼이었죠. 다른 젊은이들도 거기에 자기 물건들을 쌓았다가 가져갔어요. 새로 오는 젊은이 는 늘 전의 젊은이보다 더 많은 물건들을 쌓았죠.

나는 달과 별을 바라보고 웃음 지으며 내 재산이 보관된 내 집으로 갔어요. 나는 여행을 많이 했기 때문에 야시누시보다 훨

씬 더 많은 물건 더미를 쌓을 수 있었어요. 내 물건들은 햇빛에 말리고 훈제한 물고기, 바다표범 가죽 마흔 장, 모피의 절반이었는데, 가죽은 한 장마다 주둥이를 묶고 기름을 넣어 배를 부풀렸어요. 그리고 봄에 숲으로 사냥을 나가서 잡은 곰 가죽 열 장도 있었죠. 그 밖에 동쪽에 사는 부족과 무역을 해서 얻은 구슬, 담요, 진홍색 천도 가져갔어요. 이 물건들은 그 부족이 더 동쪽에 사는 부족과 무역을 해서 얻은 거였죠. 나는 야시누시의 물건들을 보며 웃었어요. 나는 아쿠탄의 추장이고 내 재산은 모든 젊은 이들의 재산보다 많았거든요. 게다가 내 조상들은 위대한 업적을 쌓았고 법을 만들었고 부족민들의 입에 늘 오르내리는 명성을 남겼어요.

아침이 되자 나는 해변으로 내려가 곁눈질로 웅가 어머니의 집을 바라보았어요. 내 물건들은 아직 손대지 않은 상태였죠. 두 여자가 웃으며 뭔가 은밀한 이야기를 나누었어요. 그런 값비싼 물건들이 들어온 적은 없었으니 나는 좀 의아한 심정이었죠. 그날 밤 나는 물건들을 더 쌓고, 그 옆에 무두질이 잘된 가죽으로 만든 카약까지 가져다 놓았어요. 아직 바다에 띄운 적도 없는 새것이었어요. 하지만 다음 날 나는 사람들의 웃음거리가 되었죠. 웅가의 어머니는 교활하기 짝이 없었어요. 나는 부족 사람들 앞에서 창피를 당해 화가 났어요. 그래서 그날 밤 물건들을 더 높이 쌓고 꼭대기에 카약 스무 척의 가치가 있는 내 우미악을 올려

놓았죠. 다음날 아침에 보니 물건들이 다 없어졌더군요.

그 뒤 나는 결혼식을 준비했어요. 동쪽에 사는 사람들이 잔치 음식을 먹고 포틀래치부족 간에 경쟁적으로 선물을 준비하는 북아메리카 태평양 연안 원주민의 축제 관습 선물을 전하러 왔죠. 웅가는 우리가 셈하는 방식으로 나보다 네 살이 많았어요. 나는 그때까지 애송이였죠. 그래도 추장의 아들이자 추장이었으니까 나이 따위는 중요하지 않았어요.

그런데 바다에서 돛대 하나가 보이기 시작하더니 배 한 척이 바람과 함께 다가왔어요. 그 배의 배수구에서는 맑은 물이 흘러나왔고 선원들이 빠른 몸놀림으로 열심히 펌프질을 하고 있었죠. 뱃머리에 서 있는 힘센 사내가 물의 깊이를 살피더니 천둥 같은 목소리로 명령했어요. 그의 눈은 깊은 물처럼 연푸른색이었고, 머리에는 강치처럼 갈기가 있었어요. 그의 머리털은 남쪽에서 수확한 밀짚이나 선원들이 삼으로 엮은 밧줄처럼 노란색이었어요.

최근 들어 우리는 먼 데서 온 배를 자주 보았지만 그런 배가 아쿠탄 해변에까지 온 것은 처음이었죠. 잔치는 난장판이 되었고 아녀자들은 뿔뿔이 집으로 숨었어요. 우리 남자들은 활과 창으로 무장하고 전투태세를 갖추었죠. 하지만 배가 해안에 닿자 그 낯선 사람들은 우리를 쳐다보지도 않고 자기들 일에만 열중이었어요. 썰물이 물러가자 그들은 스쿠너두 개 이상의 돛대를 가진 범

선를 기울이고 바닥에 뚫린 커다란 구멍을 수선했어요. 그래서 여자들이 다시 집에서 나와 잔치를 계속했죠.

밀물이 닥치자 선원들은 닻줄로 스쿠너를 수심이 깊은 곳으로 옮겼어요. 그런 다음에 우리에게 다가왔죠. 그들은 우리에게 선물을 주면서 친절하게 대했어요. 그래서 나는 그들에게 자리를 내주고 여느 손님을 맞이하는 것처럼 아량과 호의를 베풀었죠. 내 결혼식 날이었고 나는 아쿠탄의 추장이었으니까요. 강치의 갈기를 가진 사내는 키가 크고 덩치가 우람해서 발을 딛을 때마다 땅이 흔들리는 것 같았어요. 그는 한참 동안 팔짱을 끼고 웅가를 쳐다보고 있었어요. 해가 물러가고 별들이 나올 때에야 자기 배로 돌아갔죠.

그 뒤 나는 웅가의 손을 잡고 내 집으로 데려왔어요. 모두들 노래를 부르고 웃으며 즐겁게 놀았죠. 여자들은 흔히 그러듯이 자기들끼리 숙덕거렸지만 우리는 신경 쓰지 않았죠. 그 뒤 사람들이 우리 둘만 남겨 두고 각자 자기 집으로 돌아갔어요.

아직 잔치 분위기가 다 사라지지 않았을 때 선원들의 추장이 내 집으로 왔어요. 그가 검은색 병을 들고 와 우리는 함께 즐겁게 술을 마셨죠. 나는 아직 어렸고 세상의 변두리에서만 살았어요. 내 피는 불처럼 뜨거워졌고 내 마음은 바다에서 절벽으로 날아오르는 물거품처럼 가벼웠죠. 웅가는 한구석의 가죽들 사이에 가만히 앉아 있었어요. 겁에 질린 듯 눈을 크게 뜨고 있었죠.

갈기를 가진 사내는 그녀를 똑바로 오랫동안 쳐다보았어요. 그
때 그의 선원들이 선물 꾸러미를 가지고 들어왔어요. 사내는 그
것을 모두 내 앞에 쌓아 놓았는데, 그 중에는 아쿠탄 물건이 아
닌 것도 꽤 있었죠. 크고 작은 총, 화약, 탄약과 포탄, 빛나는 도
끼, 강철 단도, 정교한 도구 등 내가 한 번도 보지 못한 이상한 물
건들이었어요. 그가 몸짓으로 그 물건들을 전부 내게 주겠다는
의사를 보이자 나는 그가 너그럽고 위대한 사람이라고 여겼죠.
그런데 그는 웅가를 자기 배에 데려가겠다는 몸짓을 보였어요.
무슨 말인지 알겠어요? 웅가를 데려가야겠다는 거예요. 갑자기
내 조상들의 피가 솟구치면서 나는 창으로 그를 내몰았어요. 하
지만 술의 힘이 내 팔에서 생명력을 앗아갔죠. 그는 내 목을 잡
고 내 머리를 벽에 부딪쳤어요. 나는 갓난아기처럼 약해졌고 다
리가 풀려 서 있지도 못했어요. 웅가가 비명을 질렀어요. 그녀
는 집 안의 온갖 물건들을 움켜쥐고 있었는데, 사내가 그녀를 문
으로 끌고 가자 그것들이 바닥에 다 떨어졌죠. 그는 커다란 팔로
웅가를 잡고 놓아 주지 않았어요. 그녀가 그의 노란 머리털을 잡
아 뜯자 그는 발정난 커다란 물개처럼 큰 소리로 웃음을 터뜨렸
어요.

　나는 해변까지 기어가서 부족 사람들을 불렀죠. 하지만 모두
들 겁을 먹었어요. 야시누시만이 사나이답게 나왔는데, 선원들
이 그의 머리를 노로 후려치는 바람에 그는 모래밭에 얼굴을 묻

고 움직이지 못했어요. 그들은 노래를 부르며 돛을 올렸죠. 이윽고 배가 바람을 타고 떠나갔어요.

사람들은 이제 아쿠탄에서 피를 부르는 전쟁이 없어질 거라며 잘된 일이라고 말했죠. 하지만 난 아무 말도 하지 않았어요. 보름달이 뜰 때까지 기다렸다가 카약에 물고기와 기름을 싣고 동쪽으로 출발했죠. 많은 섬들과 많은 사람들을 보았어요. 그동안 변두리에 살았던 나는 세상이 넓다는 걸 알았어요. 내가 손짓 발짓 써 가며 물었지만 사람들은 스쿠너도, 갈기를 가진 사내도 본 적 없다고 했어요. 그저 동쪽만 가리켰죠. 나는 이상한 곳에서 잠을 자고, 괴상한 음식을 먹고, 낯선 사람들을 만났어요. 나를 정신 나간 놈으로 여기고 웃는 사람도 많았죠. 그래도 이따금 노인들은 나를 동정하기도 했고, 젊은 여자들은 그 낯선 배, 웅가, 선원들에 관해 내게 물으며 다정한 눈빛을 보내주기도 했죠.

이런 식으로 거친 바다와 폭풍을 뚫고 우날라스카로 갔어요. 거기에는 스쿠너 두 척이 있었으나 내가 찾던 배는 아니었죠. 그래서 나는 동쪽으로 계속 갔어요. 세상은 점점 더 넓어졌죠. 우나목 섬에서도, 카디악에서도, 아토그낙에서도 그 배에 관한 이야기는 들을 수 없었어요. 어느 날 한 바위섬에 가 보니 사람들이 산에 커다란 구멍을 파 놓았어요. 거기에 스쿠너가 있었으나 역시 내가 찾던 배가 아니었어요. 사람들은 산에서 파낸 돌멩이들을 스쿠너에 실었어요. 아무리 사방이 온통 바위 천지라 해도

웬 어린애 장난인가 싶었죠. 그래도 그들은 내게 먹을 것을 주고 일을 시켰어요. 마침내 스쿠너에 돌멩이가 가득 실리자 선장은 내게 돈을 주고 떠나라고 했어요. 내가 어디서 왔느냐고 물으니 남쪽을 가리키더군요. 나는 몸짓으로 그를 따라가고 싶다고 말했어요. 그는 처음에 웃었지만 나중에 일손이 부족해지자 나를 배에 태웠어요. 그 덕분에 나는 그들에게서 여러 가지를 배웠죠. 밧줄을 이용해 무거운 것을 들어올리는 법, 갑자기 돌풍을 만났을 때 팽팽한 돛을 조종하는 법, 심지어 조타술까지 배웠죠. 하지만 낯설지 않았어요. 나는 뱃사람의 피를 물려받았으니까.

내가 찾는 사람의 동족에 들어가면 그를 쉽게 찾을 수 있으리라고 생각했죠. 어느 날 배가 항구 부근을 지날 때 나는 손가락으로 셀 수 있을 정도의 스쿠너들을 발견했어요. 그 배들은 부두로부터 몇 마일 떨어진 곳에서 부지런히 고기를 잡고 있었어요. 그들 사이를 지나면서 내가 갈기를 가진 사내에 관해 물으니 그들은 웃음을 터뜨리며 여러 가지 언어로 대답했죠. 알고 보니 다들 세상의 외딴 지역 출신이었어요.

그 다음에는 도시로 들어가 많은 사람들의 얼굴을 봤어요. 하지만 그들이 둑 위를 바삐 뛰어다닐 때는 마치 대구떼가 몰려드는 것 같아서 수를 셀 수도 없었어요. 너무 빠르고 너무 시끄러워 정신이 없었죠. 나는 여행을 계속했어요. 따스한 햇볕을 받으며 노래하는 곳, 들판에 곡식이 익어 가는 곳, 수많은 사람들이 붐비는 큰 도시도 가 보았죠. 어딜 가나 입으로는 거짓을 말하고 가슴에는 금에 대한 탐욕으로 가득 찬 사람들이 득시글거렸어요. 내 아쿠탄 부족 사람들은 사냥을 하고 고기를 잡고 세상이 작다고 생각하며 행복하게 살고 있었죠.

나는 웅가가 나와 함께 고기잡이를 끝내고 집에 돌아올 때의 표정을 늘 기억했어요. 때가 되면 그녀를 찾을 수 있으리라고 여겼죠. 그녀는 황혼녘에 조용한 오솔길을 산책했고, 나를 데리고 아침 이슬을 머금은 들판을 거닐었죠. 웅가의 눈에는 그녀와 같은 여자만이 줄 수 있는 희망이 담겨 있었어요.

나는 수도 없이 많은 도시들을 돌아다녔어요. 상냥하게 먹을 것을 주는 곳도 있었고, 비웃으며 저주를 퍼붓는 곳도 있었죠. 하지만 나는 입을 꽉 다문 채 낯선 길을 갔고 낯선 광경을 보았어요. 때로는 추장의 아들이자 추장인 나도 남에게 고용되어 일했어요. 고용주는 욕을 입에 달고 다니고 노동자들의 땀과 슬픔으로 금을 쥐어 짜내는 냉혈한이었어요. 내가 원하는 소식은 얻지 못했죠. 결국 나는 서식지로 돌아오는 물개처럼 바다로 돌아왔어요. 그런데 북부의 어느 항구에서 노랑머리 선원의 이야기를 얼핏 들었어요. 물개 사냥꾼이라고 했어요. 그는 아직도 바다를 떠돌고 있었던 거죠.

그래서 나는 게으른 사이워시 북아메리카 원주민을 경멸적으로 부르는 명칭들과 함께 물개잡이 스쿠너를 타고 그의 행로를 추적했어요. 그 배는 사냥이 활발하게 벌어지는 북부로 갔죠. 몇 개월 동안 피곤하게 일하면서 많은 배를 만나 탐문한 결과 내가 쫓는 사내가 남긴 자취를 전해 들었어요. 하지만 한 번도 바다에서 그를 만나지는 못했죠. 우리는 북쪽 멀리 프리빌로프 제도까지 갔어요. 해변에서 물개떼를 잡았는데, 배가 온통 물개 기름과 피로 범벅이 되어 갑판에 서 있을 수조차 없었죠. 그때 느린 증기선 한 척이 대포를 쏘면서 우리 배를 추격했어요. 우리는 돛을 올리고 달아났죠. 파도가 갑판을 깨끗이 씻어냈을 때 우리는 안개 속에서 길을 잃었어요.

우리가 겁에 질려 허겁지겁 도망칠 때 그 노랑머리 사내가 프리빌로프에 들어갔다는 소문이 들려왔어요. 그곳의 공장으로 쳐들어갔다는 거예요. 일부 선원들이 그 회사 직원들을 붙잡아 놓고 나머지는 소금 창고에서 가죽 1만 장을 훔쳐 배에 실었다는군요. 소문이긴 했지만 난 사실로 믿었어요. 만난 적은 없지만 항해에서 들은 이야기로는 그가 북해 일대를 마구잡이로 약탈하고 다닌다고 했거든요. 그곳에 영토를 가진 세 나라가 함대를 편성해 그를 추적했어요. 웅가 이야기도 들었죠. 선장들이 앞다투어 그녀를 칭찬했는데, 그녀는 항상 그와 함께 있었대요. 백인들의 생활방식을 익혀 행복하게 산다더군요. 하지만 나는 알고 있었어요. 그녀의 마음은 늘 아쿠탄의 노란 해변가에 사는 자기 부족에게 향하고 있다는 걸.

오랜 세월이 흐른 뒤 나는 바다의 관문에 위치한 항구로 돌아갔어요. 거기서 그가 대양의 언저리를 가로질러 러시아 바다 남쪽으로 이어지는 따뜻한 땅의 동쪽으로 물개를 잡으러 갔다는 이야기를 들었어요. 이제 나도 선원이 되었고 그의 부족 사람들과 함께 배를 타고 있으므로 그를 따라 물개 사냥에 나섰죠. 그 신천지에는 배가 거의 없었어요. 우리는 그해 봄 내내 잡은 물개들을 뱃전에 걸고 북쪽으로 부지런히 실어 날랐어요. 새끼를 배 몸이 무거워진 물개들이 러시아 쪽으로 이동하자 선원들이 투덜대고 겁을 먹었어요. 그곳에는 안개가 짙어 매일 선원들이 실종된다고 했어요. 선원들이 거부하자 선장은 배를 되돌렸죠. 하지만 그 노랑머리는 겁을 모르는 사내예요. 그는 아마 다른 사람들이 거의 가지 않는 러시아 섬들에까지 갔을 거예요. 그래서 나는 캄캄한 밤에 파수꾼이 조는 틈을 타서 보트를 꺼내 혼자 그 따뜻하고 긴 땅으로 항해했어요. 남쪽으로 한참을 가서 일본의 에도 만에 이르러 사람들을 만났어요. 요시와라 소녀들은 작고 예뻤죠. 하지만 나는 거기서 멈출 수 없었어요. 북쪽의 물개 서식지에서 웅가가 흔들리는 배 위에서 시달리고 있다는 걸 알았으니까요.

에도 만의 사람들은 세상의 끝자락에 살고 있었어요. 신을 섬기지도 않았고 집도 없이 일본 국기를 달고 항해했죠. 그들과 함께 구리가 풍부한 섬의 해변으로 가 보니 소금 더미가 가죽과 함께 높이 쌓여 있었어요. 그 아무도 없는 조용한 바다에서 우리는 떠날 차비를 갖췄어요. 그러던 어느 날 맹렬한 바람이 불어오며 안개가 걷히더니 스쿠너 한 척이 나타났어요. 그 바로 뒤에는 러시아 군함의 굴뚝에서 연기가 피어오르고 있었죠. 우리는 바람 부는 방향으로 황급히 도망쳤지만 스쿠너가 점점 더 가까이 다가왔어요. 마침내 두 배는 3피트 간격을 두고 나란히 달렸어요. 그 배의 선미 갑판에 바로 갈기를 가진 사내가 있었어요. 그는 돛으로 난간을 짓누르면서 우렁차게 웃었어요. 언뜻 웅가를 보았는데, 대포가 발사되자 그기 그녀를 아래쪽으로 내려보냈어요. 두 배의 간격은 3피트밖에 안 되었기 때문에 키가 움직이는 것이 다 보였어요. 나는 키를 흔들면서 욕설을 퍼부었어요. 내 등 뒤에는 러시아 군함의 대포가 있었죠. 그는 우리 배를 앞서 가려 했어요. 우리 배가 잡히는 동안 도망칠 심산이었죠. 포탄이 우리 배의 돛대를 부러뜨리는 바람에 우리는 상처 입은 갈매기처럼 바람에 질질 끌려갔어요. 하지만 그는 수평선 멀리 달아났어요. 웅가를 데리고.

어쩌겠어요? 짐승 가죽이 우리가 무슨 짓을 했는지 말해 주는 증거인데요. 러시아 군함은 우리를 러시아 항구로 데려갔어요. 그리고 다시 우리는 외딴 곳으로 끌려가 소금 광산에서 일했어요. 일부는 죽었고 일부는 살아남았죠."

나아스는 어깨에 덮인 담요를 걷어 매질 자국이 생생하게 남아 있는 흔적을 보여 주었다. 그리 보기 좋은 모습이 아니었기에 프린스는 황급히 담요를 덮어 주었다.

"정말 피곤하고 따분한 시절이었어요. 이따금 남쪽으로 떠나는 사람들이 있었지만 늘 돌아오곤 했죠. 그래서 에도 만에서 환대를 받았을 때 우리는 밤중에 일어나 수비대에게서 총을 빼앗고 북쪽으로 갔죠. 그 땅은 아주 넓었고 평원, 습지, 큰 숲이 많았어요. 추위가 닥치자 눈이 많이 내려 모두들 길을 잃었죠. 우리는 몇 개월 동안 끝없는 숲 속을 헤맸어요. 지금은 잘 기억나지도 않아요. 식량이 바닥나 죽을 지경에 처한 적이 한두 번이 아니었거든요. 드디어 우리는 차가운 바다에 이르렀지만 살아남은 사람은 소수였죠. 그 중 에도에서 선장 노릇을 했던 사람이 있었는데, 이곳의 지리에 익숙해 얼음을 타고 건너갈 수 있는 지점을 알고 있었어요. 그가 우리를 지휘했어요. 얼마나 오래 이동했는지는 생각나지 않아요.

좌우간 최후로 남은 사람은 둘뿐이었죠. 그 지점에 도착한 우리는 그 지역의 낯선 주민 다섯 사람을 만났어요. 그들은 개와 가죽을 가졌고 우린 가진 게 없었죠. 우리는 눈밭에서 싸웠어요. 결국 그들을 모두 죽였는데, 그 와중에 선장이 죽어 개와 가죽은 내 차지가 되었죠. 그 뒤 나는 깨진 얼음을 건넜어요. 잠시 표류한 끝에 서쪽에서 강풍이 불어 해안에 닿을 수 있었죠. 그리고 골로빈 만, 파스틸릭에서 목사를 만났어요. 그 뒤에는 남쪽의 따뜻한 지역을 향해 계속 가다가 처음으로 길을 잃었어요.

바다도 더 이상 도움이 되지 않았어요. 물개를 추적하던 사람들은 별로 수익을 올리지 못하고 큰 위험만 겪었죠. 선단은 뿔뿔이 흩어졌고 선장들과 선원들은 내가 찾는 소식을 전해 주지 못했어요. 그래서 나는 끊임없이 변하는 바다를 등지고 나무, 집, 산이 언제나 변치 않고 제 자리에 있는 육지를 돌아다녔어요. 멀리까지 여행하면서 많은 것을 배웠죠. 글도 그때 익혔어요. 난 글을 배워야 했어요. 웅가도 다 알고 있을 테니까요. 언젠가 때가 되면 우린 만날 테니까요.

나는 작은 물고기처럼 정처없이 떠돌았어요. 하지만 내 눈과 귀는 언제나 열려 있었어요. 많이 여행한 사람들은 많은 것을 보았을 거라고 생각했죠. 마침내 나는 산에서 막 내려온 사람을 만났어요. 그가 가지고 있던 돌 조각들에는 콩알만 한 금이 섞여 있었지요. 게다가 그는 내가 찾는 두 사람에 관한 말을 들었고 그들을 만난 적도 있었어요. 그들은 부자가 되어 금을 캐낸 땅에서 살고 있다는 거였어요.

황무지에다 아주 먼 곳이었죠. 그러나 산악에 은밀하게 숨겨진 수용소에서는 사람들이 햇빛도 보지 못하고 밤낮으로 일했어요. 아직 때가 되지 않았어요. 하지만 바깥소식은 계속 듣고 있었죠. 말을 전해 준 그 사람과 내가 찾는 사람들은 다 영국으로 떠났다고 했어요. 돈을 많이 가진 사람들을 모아 회사를 세운다는 거예요. 나는 그들이 살던 집에 가 보았어요. 오랜 전통을 가진 나라의 궁궐 같았어요. 밤이 되자 나는 창문으로 기어들어가 그가 그녀를 어떻게 대했을지 알아봤어요. 왕과 왕비가 사는 것 같은 집을 방마다 돌아다니니 기분이 아주 좋았죠. 듣자니 그는 그녀를 왕비처럼 대했다고 하더군요. 사람들은 그녀가 어디 혈통인지 궁금해했어요. 그녀의 핏줄에는 다른 피가 흘렀으니까요. 그녀는 아쿠탄의 여자들과도 달랐죠. 아무도 그녀의 정체를 알아내지 못했어요. 그녀는 왕비였지만 나는 추장의 아들이자 추장이었죠. 그리고 그녀에게 무척 값비싼 가죽과 보트와 구슬을 주었어요.

하지만 그런 말을 해서 뭘 하겠어요? 나는 선원이라 뱃길을 잘 알아요. 나는 영국까지 따라갔고 나중에는 다른 나라들에도 갔지요. 이따금 그들에 관해 입소문도 들었고 신문에서 그들의 소식을 읽기도 했어요. 하지만 한 번도 보지는 못했어요. 그들은 큰 부자가 된 데다 여기저기 여행했지만 난 늘 가난뱅이였으니까요. 그러다가 그들에게 불행이 닥쳤죠. 하루아침에 전 재산이 연기처럼 빠져나간 거예요. 당시 신문에서는 그 소식을 대대적으로 보도했죠. 하지만 뒷소식은 전혀 없었어요. 나는 그들이 다시 금을 캐러 갔다는 걸 알았죠. 그들은 세상에서 쫓겨나 가난해졌어요. 여기저기를 떠돌며 북쪽 멀리 쿠트니 지방까지 갔어요. 그들이 간 곳에 관해 이러쿵저러쿵 말이 많았는데, 유콘 지방까지 갔다는 이야기도 돌더군요. 나는 그들을 따라 이곳저곳을 다 녔죠. 세상이 그렇게 넓은 것을 알고 점점 지쳤어요. 하지만 쿠트니에서 길을 잘못 들었어요. 북서부 태생인 어떤 사람과 동행이었는데, 그는 결국 굶주림을 이기지 못하고 죽었죠. 예전에 그는 산지를 거쳐 미지의 길로 유콘에 가 본 적이 있었어요. 죽을 무렵이 되었을 때 내게 많은 금이 있는 곳을 안다면서 지도와 아무도 모르는 비밀 장소를 말해 주었어요.

그 뒤 세상 사람들이 북부로 몰려들기 시작했어요. 나는 무일푼이었으니까 개몰이꾼으로 일했죠. 이후의 일은 당신들도 알죠. 도슨에서 드디어 그들을 만났어요. 그런데 그녀는 내가 워낙 어렸을 때 만난 탓인지 날 알아보지 못하더군요. 게다가 생활이 복잡해져서 자기에게 막대한 선물을 주었던 사람조차 기억하지 못했어요.

그래서 어떻게 됐냐고요? 당신이 돈으로 내 복무 기간을 해결해 주었지요. 나는 내 방식대로 일을 풀어 나가기로 했어요. 이미 오랫동안 기다렸으니 지금 굳이 서둘 필요가 없죠. 내 삶을 돌이켜 봤어요. 지금까지 보고 겪은 온갖 고통, 러시아의 끝없는 숲에서 견딘 추위와 굶주림을 생각했어요. 나는 그와 웅가를 데리고 동쪽으로 갔죠. 많은 사람들이 가지만 돌아오는 사람이 거의 없는 곳, 사람들의 유골과 저주가 끝내 갖지 못한 금과 함께 있는 곳이에요.

길고 험한 행로였어요. 우리 개들은 수도 많고 배불리 먹었지만 봄이 올 때까지 썰매를 끌지 못했죠. 강물이 불어나기 전에 돌아와야 했어요. 우리는 귀환할 때 굶어 죽지 않기 위해 여기저기에 식량을 저장해 두고 썰매를 가급적 가볍게 했죠. 매퀘스천에는 세 사람이 있었는데, 그들 근처에 저장소를 만들었죠. 메이오에는 남부 분기점 부근에 열몇 군데의 모피 무역기지들이 이용하는 사냥터가 있는데, 거기에도 저장소를 만들었어요. 그 뒤 동쪽으로 가는 동안 우리는 사람을 전혀 만나지 못했어요. 오로지 북부의 조용한 강, 말 없는 숲, 그 '하얀 침묵'만이 끝없이 이어졌죠. 아까도 말했듯이 길고 험한 행로였어요. 하루 종일 걸어도 8마일이나 10마일밖에 가지 못했죠. 밤에는 죽은 것처럼 깊은 잠에 빠졌어요. 일행은 내가 정의를 집행하는 아쿠탄의 추장 나아스라는 사실은 꿈에도 몰랐죠.

우리는 점점 더 저장소를 작게 만들었어요. 나는 밤중에 몰래 온 길을 되돌아가서 저장해 둔 식량을 오소리들이 훔쳐 간 것처럼 보이도록 꾸며놓았죠. 폭포가 있는 부근은 물살이 사나운 데다 강물의 윗부분만 얼어 있는 곳이 많았어요. 내가 모는 썰매는 그런 곳들을 거뜬히 헤쳐 나갔어요. 그 사람과 웅가에게는 힘든 일이었죠. 그 썰매에는 식량이 많이 실려 있었고 개들이 말을 잘 듣지 않았거든요. 하지만 그는 워낙 강인한 사람이라 당황하지 않았어요. 그는 개들에게 먹이를 조금씩 주다가 막판에는 개들을 한 마리씩 풀어 다른 개들에게 먹이로 주었어요. 돌아올 때 최대한 몸을 가볍게 만들어 저장소에서 식량을 꺼내 먹으며 올 참이었죠. 개도 썰매도 없앨 작정이었어요. 나중에는 식량이 부족했기 때문에 현명한 처사였죠. 마지막 남은 개가 죽은 밤에 우리는 금과 인간의 유골과 저주가 묻힌 곳에 도착했어요.

지도는 과연 정확했어요. 큰 산맥의 한복판에 위치한 그곳에 가기 위해 우리는 분기점의 벽에 얼음을 깎아 계단을 만들었어요. 그 너머의 계곡을 찾아보았지만 계곡 같은 건 없었지요. 눈보라가 흩날려 사방이 거대한 밭처럼 평평해졌어요. 여기저기에 커다란 산봉우리들이 별들 사이에 고개를 우뚝 내밀고 있었어요. 그리고 원래는 계곡이었던 그 낯선 밭 한가운데에서 흙과 눈이 와장창 무너져 내렸어요. 만약 우리가 선원이 아니었다면 그 광경에 현기증을 느꼈을 거예요. 하지만 우리는 그 아찔한 순간에도 정신을 놓지 않고 내려가는 길을 찾았지요. 그때 한쪽에서 벽이 무너져서 강풍을 받은 갑판처럼 기울어졌어요. 왜 그렇게 됐는지는 알 수 없지만 좌우간 그렇게 됐어요. 그는 이렇게 말했죠. '지옥의 입구가 열렸다. 자, 내려가자.' 우리는 함께 내려갔죠.

바닥에는 누군가가 지어 놓은 통나무집이 있었어요. 아주 낡은 집이었고, 지금까지 많은 사람들이 홀로 죽어 간 곳이었죠. 그 안에 흩어진 자작나무 껍질 조각에는 그들이 남긴 유언과 저주가 적혀 있었어요. 괴혈병으로 죽은 사람도 있었고, 동료가 남은 식량과 화약을 빼앗아 도망친 경우도 있었죠. 맞아 죽은 사람이 있는가 하면, 사냥을 하다가 굶어 죽은 사람도 있었어요. 전부 금 옆에서 죽은 걸 보면 금을 손에서 놓지 않으려 한 게 분명해요. 그렇게 긁어 모은 그 쓸모없는 금이 통나무집 바닥에서 꿈처럼 빛나고 있었어요.

하지만 그 사람은 냉철하고 단호한 사내였어요. '식량이 없잖아. 금은 어디 묻혀 있는지, 얼마나 되는지만 대충 살펴봐. 그런 다음에는 금에 홀려 판단력이 흐려지기 전에 떠나야 돼. 나중에 식량을 더 많이 챙겨 와서 금을 가져가자.' 그래서 우리는 그 커다란 금맥을 살펴보고, 구덩이의 벽을 다듬고, 위에서 아래까지 길이를 재고, 우리의 권리를 표시하기 위해 말뚝을 박고 나무를 불태웠어요. 일이 끝나자 우리는 음식을 먹지 못해 다리가 후들거렸어요. 너무 굶주려 배가 아플 지경이었고 숨이 턱까지 차올랐죠. 우리는 튼튼한 벽을 마지막으로 기어올라 귀환길에 올랐어요.

어려운 여정이었죠. 마지막에는 우리 둘이 웅가를 질질 끌다시피 했고 여러 차례 넘어지기도 했어요. 그래도 간신히 저장소에 도착했는데, 당연히 식량이 없었어요. 그는 오소리의 소행인 줄 알고 저주를 퍼부었어요. 하지만 웅가는 용감하게도 미소를 지으면서 그의 손을 잡았어요. 내가 감정을 감추려고 몸을 돌리자 웅가가 말했죠. '불을 피우고 하룻밤 자면서 모카신의 가죽을 좀 먹으면 힘을 회복할 수 있을 거예요.' 우리는 모카신의 끝부분을 길게 잘라내 밤새 끓였어요. 그리고 아침에 일어나 그것을 씹어 삼키면서 살아날 방도를 찾았지요. 다음 저장소는 닷새 거리니까 불가능했어요. 어떻게든 사냥을 해야 했죠.

'저쪽으로 가서 사냥을 하지.' 그가 말했어요.

'네. 저쪽으로 가서 사냥을 하죠.' 내가 대답했죠.

그는 웅가에게 불을 쬐면서 기운을 회복하라고 했어요. 그리고 우리 둘은 서로 일을 나눠 그는 무스 사냥에 나섰고 나는 내가 바꿔 놓은 식량 저장소로 갔어요. 하지만 나는 기운을 금세 회복했다는 기색을 보이지 않기 위해 음식을 조금만 먹었죠. 그 날 밤 그는 숱하게 넘어지면서 야영지로 돌아왔어요. 나도 몸이 무척 약해진 것처럼 가장하면서 걸음을 옮길 때마다 비틀거렸죠. 그래도 모카신 조각을 먹고 우리는 힘을 회복했어요.

그는 대단한 사람이었어요. 정신력으로 약해진 몸을 끝까지 지탱했죠. 웅가를 위한 경우가 아니라면 큰 소리를 치지도 않았어요. 둘째 날에는 나도 그를 따라 사냥에 나섰어요. 그는 자주 누워서 휴식을 취했어요. 그날 밤 그는 거의 죽을 지경에 이르렀다가 아침에는 기운을 어느 정도 되찾아 다시 길을 나섰어요. 마치 술에 취한 사람 같았죠. 나는 여러 차례 그를 쳐다보며 포기하라는 뜻을 전했어요. 하지만 몸과 마음이 다 강인한 그는 극도의 피로를 무릅쓰고 사냥을 포기하지 않았어요. 그는 뇌조 두 마리를 잡았으나 먹지는 않았어요. 죽느냐 사느냐의 순간이었으니 불을 피워 고기를 익혀 먹을 필요도 없었어요. 그는 웅가를 생각해서 야영지 방향으로 돌아섰어요. 더 이상 걸을 힘도 없어 손과 무릎으로 눈 위를 기어갔죠. 그에게 다가가자 그의 눈에서 죽음의 그림자가 보였어요. 그때까지도 뇌조 고기를 먹을 시간은 있었어요. 그는 총을 팽개치고 개처럼 뇌조를 입에 물었어요. 나는 그의 곁에서 똑바로 서서 걸었죠. 휴식을 취하는 동안 그는 나를 쳐다보며 내가 왜 힘이 남아 있는지 의아하게 여겼죠. 하지만 말할 기력도 없었어요. 입술은 움찔거렸으나 소리는 내지 못했죠. 그래도 그는 대단한 사람이었어요. 내 마음도 잠시 누그러졌어요. 하지만 러시아의 끝없는 숲에서 겪은 추위와 굶주림을 돌이켜보면 그럴 수 없었어요. 게다가 웅가는 내 여자였거든요. 나는 그녀에게 가죽과 배와 구슬 등 막대한 재산을 지불했으니까요.

이런 식으로 우리는 눈 쌓인 숲을 지났어요. 우리 사이에는 젖은 바다 안개처럼 무거운 침묵이 감돌았어요. 과거의 망령들이 우리 주변을 떠다녔어요. 나는 아쿠탄의 노란 해변, 고기잡이를 마치고 집으로 돌아오는 카약들, 숲 언저리에 자리 잡은 집들을 보았어요. 추장이 된 사람들, 내게 혈통을 물려주고 웅가와 결혼하게 해준 나의 조상 입법자들을 보았어요. 야시누시가 나와 함께 걸었어요. 머리털에 붙은 젖은 모래, 사냥감을 찌르고 부러진 창을 쥔 그의 손을 보았어요. 웅가의 눈에서 희망의 빛을 보았어요.

한참 동안 숲을 지나니 이윽고 야영지의 냄새가 코앞에 다가 왔어요. 나는 몸을 굽혀 그의 입에서 뇌조 고기를 떼어 냈어요. 그는 몸을 한쪽으로 기울이더니 두 눈에 의혹의 기색을 보이며 한 손을 슬그머니 미끄러뜨려 허리의 칼로 향했어요. 하지만 나는 여전히 미소를 지으면서 칼을 빼앗았지요. 그때까지도 그는 알아차리지 못했어요. 그래서 나는 검은색 술병으로 술을 마시고 눈 위에 물건들을 쌓는 시늉을 해보이면서 내 결혼식 날 밤에 있었던 일을 떠올려 주었죠. 나는 아무 말도 하지 않았지만 그는 알아들었어요. 그러나 두려워하지는 않았어요. 오히려 그는 입가에 냉소를 띠면서 사실을 알고 더 힘을 내는 기색이었죠. 먼 거리는 아니었지만 눈이 워낙 많이 쌓여 있어 그는 아주 천천히 기어갔어요. 한 번은 꽤 오래 휴식을 취할 때 나는 그의 몸을 뒤집고 눈을 들여다보았어요. 앞을 바라보는 그의 시선에 죽음의 그림자가 엿보였죠. 내가 그를 놓아 주자 그는 다시 기기 시작했어요. 이런 식으로 우리는 야영지까지 왔죠. 웅가가 즉각 그의 곁으로 다가갔어요. 그의 입술이 움직였으나 소리는 나지 않았어요. 그가 나를 손가락으로 가리키자 그녀도 알아듣는 것 같았어요. 그런 다음에 그는 눈 위에 꼼짝하지 않고 누워 있었어요.

아주 오랫동안. 지금도 그는 눈 위에 있어요.

나는 아무 말 없이 뇌조를 구웠어요. 요리가 끝나고 나는 웅
가에게 그녀가 오랫동안 들어보지 못했던 그녀의 언어로 말했
죠. 웅가는 놀라 고개를 번쩍 쳐들었어요. 내가 누구이고 어디서
그 말을 배웠냐고 물었어요.

'나는 나아스예요.'

'당신이? 정말?' 그녀는 가까이 와서 나를 찬찬히 보았어요.

'그래요. 아쿠탄의 추장 나아스예요. 당신처럼 가문의 마지막
혈통이죠.'

그러자 그녀가 웃었어요. 지금까지 나는 많은 일을 보고 겪었
지만 그런 웃음소리는 정말 처음이었죠. 소름이 쫙 끼쳤죠. 그가
'하얀 침묵' 속에서 홀로 죽음을 눈앞에 두고 있는데 그녀는 웃
고 있었어요.

나는 그녀가 정신이 나갔다고 생각하며 말했어요. '이리 와
요! 음식을 먹고 출발합시다. 여기서 아쿠탄까지는 아주 먼 거리
예요.'

하지만 그녀는 그의 노란 갈기에 얼굴을 파묻고 웃기만 했어
요. 나는 그녀가 나를 보고 너무 기뻐 그러는 걸로 생각했어요.
다시 옛 시절로 돌아가고픈 마음인 줄 알았죠. 그런데 그렇게 보
기에는 좀 이상했어요.

'어서 와요!' 나는 그녀의 손을 강하게 잡아끌었어요. '멀고

험한 길이니 서둘러야 해요!'

'어딜 가죠?' 그녀는 웃음을 그치고 물었어요.

'아쿠탄에 가죠.' 나는 그녀가 옛 기억을 되살리기를 기대하며 대답했어요. 하지만 그녀도 그 사내처럼 입가에 냉소를 띠었어요.

'그래요. 가요. 당신과 내가 손 잡고 아쿠탄으로 가요. 우리는 그 초라한 오두막에 살면서 물고기와 기름을 먹고 자식들을 낳고 평생토록 자식들을 자랑스럽게 여기겠죠. 온 세상을 잊고 아주 행복하게 살 거예요. 좋아, 아주 좋아요. 어서 갑시다! 서둘러 아쿠탄으로 가요.'

그녀는 그 사내의 노란 머리털을 쓰다듬으며 뭔가 불길한 미소를 지었어요. 그녀의 눈에는 절망이 가득했죠.

나는 그녀의 이상한 태도에 놀라 말 없이 앉아 있었어요. 그 사내가 그녀를 잡아가던 그날 밤과 똑같았어요. 그녀는 울부짖으며 그의 머리털을 잡아 뜯었어요. 그런데 지금은 그녀가 그의 곁을 떠나지 않으려는 것이었지요. 그때 나는 그녀에게 준 값비싼 선물과 지금까지 기다려 온 오랜 세월이 생각났어요. 그래서 그 사내가 그랬던 것처럼 그녀를 억지로 잡아끌었죠. 그녀는 그날 밤처럼 끌려가지 않으려고 버텼어요. 마치 어미고양이가 새끼를 지키기 위해 싸우는 것 같았어요. 모닥불 건너편까지 와서 손을 놓아 주자 그녀는 가만히 앉아 있었어요. 나는 이야기를 시작했죠. 지금까지 살아온 나날, 낯선 바다에서 겪은 일, 낯선 땅을 헤매고 다니면서 굶주림을 이겨 내고 그녀를 추적하던 세월, 처음에 내가 품었던 큰 희망 등을 이야기했죠. 모든 걸 말했어요. 내가 어렸던 그날 그 사내와 나 사이에 있었던 일도 말했어요. 이야기하는 동안 나는 그녀의 눈에서 희망의 빛을 보았어요. 동이 트는 것처럼 환하고 밝았죠. 하지만 동시에 나는 여인의 부드러움, 웅가의 사랑, 마음, 영혼에서 연민을 느꼈어요. 나는 다시 그 시절로 돌아갔어요. 웅가가 웃으면서 해변을 달려 자기 어머니의 집으로 가는 게 보였어요. 불안하고 굶주리고 지쳤던 세월, 기다림이 씻은 듯이 사라졌어요. 기다리던 때가 온 거예요. 그녀가 따스한 목소리로 나를 불렀어요. 나는 그녀에게 머리를 대고 모든 걸 잊고 싶었어요. 그녀가 내게 두 팔을 내밀자 나는 몸을 기댔어요. 그때 갑자기 그녀의 눈에서 증오의 불길이 치솟더니 그녀의 손이 내 옆구리로 왔어요. 한 번, 두 번, 그녀가 칼로 찔렀어요.

'개 같은 놈! 돼지 같은 놈!' 그녀는 욕설을 퍼부으며 나를 눈 속에 처박았어요. 그리고는 큰 소리로 웃었어요. 이윽고 웃음이 잦아들더니 죽은 사내에게로 갔어요.

그녀는 나를 두 번이나 찔렀지만 굶주림으로 몸이 약해졌고 또 나를 그냥 무참히 죽이려는 의도는 아니었죠. 그녀는 단지 그곳에서 자신의 삶과 얽힌 남자들과 함께 마지막 긴 잠에 빠지려는 것이었죠. 하지만 나는 받아 내야 할 빚이 있으므로 그렇게 끝낼 수는 없었어요.

길은 멀고 날은 춥고 식량은 거의 없었죠. 무스를 잡지 못한 모피상들이 내 식량 저장소를 벌써 털어갔어요. 도중에 들른 산막에는 백인 세 명이 굶어 죽어 있었어요. 그 뒤 어떻게 여기까지 와서 음식을 먹고 불을 쬐게 되었는지는 기억나지 않아요."

그는 이야기를 마치고 난롯가에 몸을 웅크렸다. 한참 동안 등잔불이 만들어 내는 그림자들이 벽에 비극의 장면을 연출했다.

"웅가는 어떻게 됐죠?" 프린스가 여전히 꿈에서 깨어나지 못한 표정으로 물었다.

"웅가? 그녀는 뇌조 고기를 먹으려 하지 않았어요. 그냥 남자의 목을 끌어안은 채 그 노란 머리털 속에 얼굴을 파묻고 있었죠. 내가 추위를 막아 주려고 불을 가까이 가져가니까 그녀는 반대편으로 기어갔어요. 그래서 나는 그곳에도 불을 피워 주었죠. 하지만 음식을 먹지 않았으니 소용이 없을 거예요. 그들은 결국 눈 속에 그대로 있었어요."

"당신은 어떻게 할 거요?" 맬러뮤트 키드가 물었다.

"모르겠어요. 아쿠탄은 작은 마을이니까 별다른 욕심도 없어요. 고향으로 돌아가 세상의 변두리에서 살고 싶어요. 그곳에서 사는 것도 작은 의미가 있어요. 콩스탄틴에게 갈 수도 있지만 그는 내게 달군 쇠로 낙인을 찍을 거예요. 그리고 나중에는 내 목에 밧줄을 걸어 영원히 잠재우겠죠. 어떻게 해야 할지…… 모르겠어요."

"하지만 키드, 이건 살인 사건이에요!" 프린스가 말했다.

"쉿!" 맬러뮤트 키드가 말을 끊었다. "우리의 지혜, 우리의 정의로 풀 수 없는 문제도 있다네. 우리는 이 사건의 옳고 그름을 말할 수 없어. 우리가 판단할 문제가 아니야."

나아스가 난로에 더 가까이 갔다. 오랜 침묵이 흘렀다. 세 사람의 눈에서 여러 가지 장면들이 나타났다가 사라졌다.

# 해제_잭 런던의 문학세계와 북미 여행*

나는 먼지가 되느니 차라리 재가 되리라!

내 생명의 불꽃이 메마른 부패로 꺼지게 하느니

찬란한 빛으로 타오르게 하리라.

죽은 듯이 영구히 사는 별이 되느니

내 모든 원자가 밝게 타오르는 화려한 유성이 되리라.

인간의 진정한 소임은 존재하는 것이 아니라, 생존하는 것이다.

나는 삶을 낭비하면서까지 내 삶을 연장하려 하지 않을 것이다.

나는 내게 주어진 시간을 활용할 것이다.

— 잭 런던, 「신조」(Credo)


한평생 열정적인 모험가이자 낭만적인 이상주의자로 살았던 잭 런던Jack London, 1876~1916은 40세라는 길지 않은 생을 사는 동안에 자신이 남긴 신조처럼 그의 "모든 원자가 밝게 타오르는 화려한 유성" 같은 삶을 살았다. 그는 신문 및 얼음 배달원, 공장

---

* 임종기_저술가, 전문번역가. 『SF부족들의 새로운 문학 혁명, SF의 탄생과 비상』을 썼으며, 잭 런던의 『야성의 부름』 외에 『프랑켄슈타인』, 『바로크 사이클』, 『투명인간』, 『빅 스위치』 등 다수의 책을 번역하였다.

노동자, 굴 해적꾼, 해적을 감시하는 해안 순찰대원, 세탁소 직원, 바다표범잡이 선원, 부랑자, 알래스카 노다지꾼, 사회주의자, 기자, 작가 등 다채롭고 드라마틱한 삶을 살며 모든 체험을 고스란히 작품에 반영했다.

이처럼 다채로운 체험을 작품에 투영한 작가는 현대 문학사에서 찾아보기 힘들 것이다. 하지만 그는 오랫동안 주류 미국문학사에서 저평가받아 왔다. 그것은 그가 보수적인 미국 주류사회나 문단에서 쉽게 받아들일 수 없는 사회주의 작가였으며, 독학으로 생시몽, 푸르동, 맑스, 니체, 다윈, 스펜서 등 다양한 학문을 섭렵하면서 형성된 그의 모순적이고 비일관적인 사상적 면모 때문일 것이다.

사실 그는 사회주의자로서의 사회정의의 실현과 열렬한 개인주의자로서의 개인적 욕망 사이에서 갈등하며 모험가적인 삶을 살았고, 그런 자신의 삶을 작품에 투영했다. 그는 사회변혁을 꿈꿨던 사회주의자로서, 도살장과도 같은 런던 빈민가이스트엔드의 생활상을 기록한 『밑바닥 사람들』*The People of the Abyss*처럼 부조리한 현실에 대한 비판을 반영한 현실참여적인 사회 르포나 『강철군화』*The Iron Heel*처럼 사회주의적인 통찰력이 돋보이는 프롤레타리아 소설을 쓰는가 하면, 『비포 아담』*Before Adam*처럼 진화론에 경도된 작품을 쓰기도 했다. 또한 『야성의 부름』*The Call of the Wild*처럼 다윈과 스펜서의 영향을 받은 사회진화론은 물론이고 니체의 영향을 받은 위버멘쉬Ubermensch 사상을* 담고 있는 모험소설을 쓰곤 했다. 그는 자본가의 횡포와 노동자의 비참한 현실에 분노하며 노동자 편에 서면서도——사회변혁의 실천 의지가 부족해 보이는——노동자를 신뢰하지 않았고, 맑스에게 영향을 받은 사회주의자로서 변혁의 필요성을 절실히 느끼면서도 다윈의 진화론 및 스펜서의 사회진화론을 신봉하고 적자생존의 법칙을 인간조건의 진리로 받아들였다. 그리고 그의 소설 『버닝 데이라이트』*Burning Daylight*의 주인공처럼 사회적인 성공으로 자신이 강자임을 증명해 보이고 싶어 했다. 이처럼 그는 여러 가지 점에서 모순적인 면모를 보였지만, 사회주의적 통찰력이 돋보이는 프롤레타리아 소설이건 다윈이나 니체나 스펜서의 영향을 받은 작품이건, 혹은 해양소설이나 클론다이크 소설이나 낭만적 이상주의를 그린 작품이건 언제나 불꽃 같은 치열한 삶 속에서 작품을 썼다.

**열정적인 삶의 시작**

잭 런던은 자본가의 무자비한 횡포와 노동자들의 격렬한 시위가 극심하게 대립하던 시기인 1876년, 1월 12일에 미국 캘리포

---

* 학계에서 '초인'으로 표기되던 'Ubermensch'는 최근 독일어 발음대로 '위버멘쉬'라 표기되고 있다. 초월적 존재나 슈퍼맨 같은 존재가 아니라 인간을 넘어서는, 지속적으로 자기 자신을 극복하는 행위를 상징하는 개념, 또는 그런 인간형을 의미한다.

니아 주 샌프란시스코에서 태어났다. 런던의 어머니, 플로라 웰먼Flora Wellman은 오하이오의 중산층 출신으로, 25세 무렵에 떠돌이 점성술사 윌리엄 체이니William Chaney를 만나 잠시 동거하던 중에 런던을 임신한다. 하지만 그녀는 런던을 자신의 자식으로 인정하지 않은 체이니에게서 버림받고서, 런던을 낳은 지 8개월 만에 두 딸이 있는 마흔이 넘은 홀아비, 존 런던John London과 결혼한다. 이로써 런던은 의붓아버지 밑에서 자란다.

꽤 인정이 있었던 존 런던은 원래 목수였으나, 결혼 후 재봉틀 장사를 하다가 잡화상을 차리기도 하고, 농사를 지어 보기도 하다가, 번번이 실패해 결국엔 땅투기에 손을 댔다가 거의 모든 재산을 날린다. 이후, 집을 세 내어 여공들을 하숙시켰지만, 그마저 잘 안 되고 은행 빚만 지고 난 이후로는 채소장수, 야경꾼, 순경 등 여러 일을 전전하며 근근이 생계를 꾸려 간다. 이 무렵 런던은 독서에 취미를 붙이기 시작했는데, 집안의 경제적인 사정이 어렵다 보니, 어릴 적부터 가족의 생계를 보조하기 위해, 신문배달을 하고 아이스크림 장사를 해야만 했다. 그러던 중 열 살 때, 곤궁하고 피곤한 삶으로부터의 도피처로 삼던 오클랜드 공립도서관에서 사서인 이나 쿨브리스Ina Coolbrith*를 만나게 되

---

* 런던이 '문학의 어머니'라고 불렀던 그녀는 이후 시인으로 성공해 캘리포니아 대학의 평위원이 부여하는 캘리포니아의 첫 계관시인이 된다.

는데, 그녀는 런던에게 모험소설과 여행기들뿐만 아니라 플로베르, 멜빌, 톨스토이, 도스토예프스키 등의 작품들을 소개해, 그에게 문학에 관심을 가질 계기를 마련해 준다.

런던은 열한 살에 웨스트오클랜드의 오클랜드 콜 문법학교Oakland Cole Grammar School에 입학하지만, 집안 사정이 더욱더 어려워지자, 학업을 중단하고 그의 단편 「가출소년」The Apostate의 주인공이나 그가 직접 체험해 쓴 르포 『밑바닥 사람들』의 빈민가 사람들처럼 본격적으로 노동 현장에 뛰어들어 밑바닥 생활을 시작한다. 그는 한동안 시간당 10센트를 받고 연어 통조림 공장에서 일하다가 샌프란시스코 해안에 늘어선 굴 양식장에서 굴을 훔쳐 오클랜드의 어시장에 내다 파는 굴해적질을 한다. 그러던 중 경찰의 눈에 띄어, 이번에는 캘리포니아의 해안순찰대 소속 해적감시단의 일원이 되어 해적을 감시하는 어업감시원으로 일한다. 그때의 경험을 바탕으로 쓴 작품이 「그리스인들의 왕」, 「굴 해적단 습격」, 「노란 손수건」 등, 여러 편의 단편을 담고 있는 단편집 『어업감시원의 이야기』Tales of Fish-Patrol, 1905이다.

이후 그는 어업감시원 일을 그만두고 1893년 1월에 바다표범잡이 배, '소피 서덜랜드' 호의 선원이 되어 7개월간 태평양 북서부 수역을 항해한다. 이때의 범선 항해와 거친 바다의 체험을 바탕으로 쓴 작품이 1904년에 발표한 『바다늑대』The Sea Wolf이다. 이 작품은 허먼 멜빌Herman Melville의 『모비딕』Moby Dick과 유사한 해양소설이다. 거친 바다에 떠 있는 바다표범잡이 배 '고스트' 호를 적자생존의 법칙이 지배하는 사회의 축소판으로 형상화한 이 소설은 위버멘쉬의 존재가 되고자 했던 울프 선장의 격정적인 이야기를 드라마틱하게 펼쳐 보이며, 다윈의 진화론 및 스펜서의 사회진화론, 니체의 위버멘쉬 사상,그리고 쇼펜하우어의 염세주의를 담아냈다.

## 새로운 시작

런던은 항해를 마치고 돌아와, 황마공장에서 하루 열 시간 노동에 1달러의 임금을 받고 일을 한다. 그는 그렇게 중노동을 하며 틈틈이 쓴 단편, 「일본 해안의 태풍」*Typhoon of the Coast of Japan* 으로 『샌프란시스코 콜』*San Francisco Call* 지가 주최한 현상응모에 당선되어 상금 25달러를 받는다. 이것에 고무되어 그는 일을 마치고 밤마다 글을 쓰며 작가의 꿈을 키웠지만, 그가 응모하는 글들에 반응을 보이는 신문이나 잡지는 더 이상 없었다. 그 무렵 그는 스스로 표현했듯이 '일하는 짐승'처럼 잡다한 일들을 전전할 수밖에 없었다.

한번은 철도국 전기기술자 양성 코스에 들어갔지만 탄부로 혹사만 당한다. 그러던 중에 자신 때문에 해고된 동료의 자살에 충격을 받고는 그 일을 그만 두고서 회의에 빠져 있다가, 켈리Kelly 장군이 이끄는 실업자들의 항의행진에 가담한다. 그러곤 곧 무임승차로 미국을 횡단하면서 부랑자 생활을 하는데, 어떤 때는 부랑죄로 경찰에 체포되어 이리 카운티 교도소에서 30일 동안 중노동을 하기도 한다. 이때의 체험을 생생히 그린 『길』 *The Road*, 1907을 보면 알 수 있듯이 그는 부랑자의 생활을 겪으면서 노동자들의 비참한 현실과 자본주의 체제의 모순을 목격하고 사회의식에 눈을 뜨게 된다.

그는 사회의 나락을 생생히 체험하며 현 체제하에서는 노동자의 비참한 현실이 바뀔 수 없으리라는 사실을 깨닫고는 그의 문학에서 중요한 사상적인 배경이 되는 사회주의 사상으로 눈을 돌리게 되었다. 「나는 어떻게 사회주의자가 되었는가」*How I Became a Socialist*, 1903라는 글에서 밝히고 있듯이 그는 사회주의자로 새롭게 태어난다.

"나는 그저 새로운 이름을 부여받은 것이 아니라 새로이 태어난 것이다. …… 나는 캘리포니아로 돌아와서 책을 읽기 시작했다. 무슨 책부터 읽었는지 기억하지 못하지만 그 구체적인 내용은 중요하지 않다. 나는 이미 '무엇'인가가 되어 있었고 책들을 통해 그 '무엇'이 바로 사회주의자라는 것을 알게 됐다. 그때부터 나는 많은 책을 읽었으나, 어떤 경제학적 주장보다, 사회주의의 논리성과 필연성에 관한 어떤 명철한 증명보다 나에게 깊고 확고한 영향을 미쳤던 것은, 어느 날 처음으로 내 주변을 높이 둘러싸고 있는 사회의 나락의 벽을 목격하고 나 자신이 그 밑바닥의 도살장으로 끝없이 미끄러지고 있음을 느꼈던 경험이었다.*

## 작가로서의 성공

1894년 미국 전역과 캐나다를 떠돌며 부랑자 생활을 하던 그는 이듬해인 1895년에 오클랜드 고등학교에 입학해 1년 6개월 만에 학업을 마치고 20살 나이에 캘리포니아의 버클리 대학에 들어가지만, 학비 문제로 두번째 학기 중에 그만둔다. 이 무렵, 그는 몇몇 잡지들에 여러 편의 에세이와 단편소설을 발표하고 클론다이크 골드러시의 대열에 합류해 알래스카를 여행한다. 이후 클론다이크의 이야기를 그린 첫 소설집 『늑대의 아들』*The Son of the Wolf, 1900*를 출간하면서 본격적으로 작가로서의 길에 들어서는가 하면, 사회노동당에 입당해 여러 사회주의 집회에 참석하기도 하고, 1901년에는 오클랜드 사회노동당 시장후보로 나서기도 한다.

이처럼 부랑자 생활 이후로 그의 정신을 지배하기 시작했던 사회주의 사상이 가장 잘 드러난 작품은 1903년에 출간한 르포 『밑바닥 사람들』과 1908년에 발표한 사회주의 미래 소설 『강철

---

* 원문 출처 http://london.sonoma.edu/Writings/WarOfTheClasses/socialist. html.

군화』이다. 『밑바닥 사람들』은 엥겔스의 『영국 노동자 계급의 상태』의 영향을 받은 작품으로 런던이 1902년 7월 런던의 이스트엔드 슬럼가에 선원으로 위장하고 들어가 6주간 하층민 세계를 경험하고서 쓴 사회 르포이다. 런던은 출판사의 요구를 받아들여 비판 논조를 약화시키긴 했지만, 정부보고서와 사회학적 논문들과 통계자료를 참조해 가며 이스트엔드의 하층민들이 겪는 참혹한 현실과 굶주린 경제적 참상을 문학성 짙은 르포 형식으로 생생하게 그려냈다.

한편, 맑스의 『자본론』에서 영감을 얻은 강렬한 사회주의 소설 『강철군화』는 27세기에 발굴된 20세기 사회주의 혁명가, 어니스트 에버하드의 일대기 형식을 취하고 있는데, 런던은 이 작품에서 어니스트 에버하드가 겪는 격정적인 삶의 이야기를 통해, 당시 미국 사회가 처한 노동대중의 비참한 현실과 자본의 비대화 등 자본주의의 모순을 신랄하게 비판하고, 새로운 파시즘의 형태인 독점재벌일곱 개의 트러스트의 과두체제와 노동귀족의 등장을 예언적으로 그려 내고 있다. 트로츠키는 소설 형식을 빌려 사회를 예리하게 분석하고 미래를 예견했다면서 런던의 통찰력에 찬사를 보내기도 했다.

사회주의적인 사상과 더불어 런던의 마음을 지배했던 사상은 다윈의 진화론, 스펜서의 사회진화론, 니체 사상인데, 이런 사고는 알래스카 여행을 하면서 더욱더 굳건해졌고, 그의 작품에 지대한 영향을 미쳤다. 런던은 알래스카 체험을 바탕으로 쓴 「북미 여행」The Odyssey of the North, 1900, 『늑대의 아들』, 『야성의 부름』, 『하얀 엄니』White Fang, 1906 그리고 선사시대를 배경으로 한 『비포 아담』 등 그의 사회주의 사상과는 다른 다윈과 스펜서, 또는 니체의 영향을 받은 여러 작품을 잇달아 발표하면서 인기 작가의 반열에 오른다. 특히 『야성의 부름』이 엄청난 성공을 거두면서 런던은 세계적으로 인기 있는 유명작가가 되었고, 이후 그의 많은 작품들이 영화화되면서 돈과 명예를 동시에 얻는다.

1907년에 발표한 『비포 아담』은 20세기 초 현대 미국의 한 젊은이가 꿈일종의 '생물학적 기억'에서 경험하는 원시 인류의 삶을 독특한 형식으로 그린 작품으로 나무부족인 '큰이빨'과 그의 친구인 동굴부족 '늘어진 귀'의 모험담을 통해 나무부족, 동굴부족, 불부족으로 표현되는 진화상과 원시 사회의 치열한 적자생존의 논리를 그리며, 여전히 그러한 논리가 지배적인 현대 자본주의를 은유적으로 보여 준다.

1903년에 발표되어 지금까지도 대단한 인기를 누리고 있는 그의 『야성의 부름』은 다윈의 진화론과 스펜서의 사회진화론과 함께 니체의 위버멘쉬 사상의 영향을 받은 가장 대표적인 작품이다. 『야성의 부름』은 문명에 길들여진 채 사람들의 귀여움을 받고 살던 '벅'이라는 개가 몽둥이와 엄니의 법칙, 적자생존의 법칙이 지배하는 세계인 알래스카에 빠져들면서 겪는 생존을 위한 투쟁을 냉정한 시선으로 생생히 그리고 있다. 문명의 옷을 벗고 본능에 눈을 뜨는 벅의 고양된 야성과 반항을 찬양하는『야성의 부름』은 개들의 이야기지만, 그 이야기를 이끄는 각각의 개들은 사람들을 연상시킨다. 그 개들은 거친 바다 위에 떠 있는 '고스트' 호의 선원들처럼, 설원에서 생존을 위해 투쟁을 벌이고 있는 것이다. 결국 벅은 핏속에 흐르는 원시 야생에 대한 기억을 되살리고 마침내, 인간세계인 문명과 완전히 절연하고, '원시세계의 야성의 존재', '문명의 윤리와 도덕으로 판단할 수 없는 그 누구도 구속할 수 없는 존재', 적자생존의 법칙이 지배하는 알래스카의 혹독한 환경을 극복하는, 문명에 길들여진 개는 물론이고 유전으로 내려온 늑대조차 극복하고 넘어서는 유령개로 변신한다. 아마 런던은 그런 벅의 모습에서 이상적인 인간형, '위버멘쉬'적인 인간형을 꿈꾸었는지도 모른다. 아니, 어쩌면 스펜서의 사상을 신봉한 런던으로서는 니체의 위버멘쉬도 넘어서는 초월적 존재, 말 그대로 초인superman을 꿈꾸었는지도 모른다.

이처럼 자신의 문학의 배경이 되는 사회주의 사상 및 니체의 위버멘쉬와 함께 런던은 다윈의 진화론 및 스펜서의 사회진화론을 적극적으로 받아들여, 자연과 우주는 진화론의 법칙이 지배한다고 생각했다. 그는 사회주의자를 자처하면서도 진화야말로 물질의 완성이라는 스펜서의 생각을 받아들였던 것이다. 사회주의 사상을 가진 런던이 ─── 적자생존은 보통 자유경쟁, 경제적 자유방임으로 전용되어 자본의 논리를 정당화하곤 하는데도 ─── 사회 진화론에 사로잡힐 수 있었던 것은 스펜서의 영향 때문이다. 스펜서의 생각처럼 런던에게 유기체와 환경 사이의 상호 작용의 과정이 생명의 근간이었고, 사회발전은 생존경쟁에서 얻어진 적응의 결과물인 도덕성이 다음 세대로 유전되어 진화, 발전하는 것이었다.

그리고 그러한 도덕성에 바탕을 두고 사회제도가 형성되면 인간은 그 제도에 적응하는데, 인간행동이나 사회정의의 도덕적 기준은 한 개체와 종에 얼마나 유용한가에 달려 있다고 보았다. 결국 런던은 생존을 위한 투쟁은 삶의 바탕이며 진보로 보았고, 지식인들에 의해 주도되는 이른바 '위로부터의 혁명'을 주창하며, 강자가 약자를 도와주어야 하고, 강자가 약자에게 자신의 힘을 나눠 주어야 한다는 것을 깨닫기만 하면, 사회정의가 실현될 것이라고 믿었다.

한편 그는 1904년에는 허스트 신문 신디케이트에 소속된 러일전쟁 특파원으로 일본과 조선을 방문하게 되면서 『잭 런던의 조선 사람 엿보기』*를 쓰기도 한다.

---

* 국내에 1995년 한울출판사에서 펴낸 이 책의 프랑스어판 제목은 *La Corée en feu*(1905)이다.

## 새로운 항해 그리고 죽음

1900년 24세에 런던은 배시 매던Bessie Maddern과 결혼해 두 딸을 낳았지만 2년 만에 이혼하고 차미언 키트리지Charmian Kittredge와 재혼한다. 그러곤 1907년에 직접 설계한 요트, '스나크' 호를 타고 아내와 세계일주 항해를 떠난다. 애초에 7년간 세계여행을 할 계획이었지만, 하와이 섬, 타히티 섬 등에 이어 남태평양을 항해하다가 건강상의 문제로 27개월 만에 항해를 끝낸다.

그는 이 항해 중에 집필했던 반半자전적인 소설, 『마틴 에덴』 *Martin Eden*을 1909년에 출간하는데, 이 작품은 런던이 작가로서 성공한 이후 겪은 삶과 그의 사고를 엿볼 수 있는 중요한 저작이다. 이 작품에서 런던 자신을 대변하는 인물인 주인공 마틴은 온갖 역경 끝에 작가로 성공하지만 계급간의 모순과 갈등이 표면화된 사랑에 회의감을 느끼고, 끝내는 자살로 생을 마감하고 만다.

『마틴 에덴』 이후로 런던은 점차 정치적이고 사회적인 활동에서 멀어진다. 그리고 문학과 예술과 교양을 갖춘 여인, 루스와 부르주아 문화의 찬란한 외양에 반해 버린 마틴처럼 회의주의에 빠져드는가 하면, 스스로를 불편하게 만드는 모순으로 가득한 현실에서 도피하고자 한다. 이러한 복잡한 심정에 처해 있던 그는 1910년에 『버닝 데이라이트』를 발표한다. 그리고 이 소설의 주인공처럼 목가적인 환경에서 새로운 삶을 찾으려고 캘리포니아의 글렌엘렌이라는 작은 마을에서 농장을 가꾸며 은둔 생활을 시작한다.

이처럼 은둔 생활을 하는 몇 년 사이에 런던은 항해여행의 체험을 바탕으로 『모험』*Adventure*, 1911, 『스나크 호의 항해』*The Cruise of the Snark*, 1911, 『남양 이야기』*South Sea Tales*, 1911, 그리고 농촌 생활을 그린 『달의 계곡』*The Valley of the Moon*, 1914 등의 작품을 쓴다. 이 무렵 잭 런던은 농업공동체를 세울 것을 계획하고 1910년에 농장센터 건물인 울프 하우스Wolf House를 짓기 시작한다. 하지만 그 건물은 완성 직전인 1913년 8월 22일에 원인 모를 화재로 전소되고 만다. 그 밖에 돼지와 염소, 말을 키우고 유칼리나무를 재배하는 등 시범농장을 꾸려 보았지만, 실패로 끝나고 만다.

그는 잇단 농업의 실패와 심한 낭비벽, 거의 모든 돈을 잃은 후로 오로지 돈벌이를 위해 글을 쓰다가, 보르헤스의 말처럼, 육체와 정신의 생명력을 전부 고갈시키고는 1916년 11월 22일에 마틴처럼 스스로 목숨을 끊는다.*

---

* 공식적인 사망원인은 요독증이지만, 모르핀을 과도하게 이용해서 자살한 것으로 알려져 있다.

## 북미 여행

사회주의적인 사상과 더불어 그의 마음을 지배했던 사상은 진화론 및 사회진화론인데, 그런 사고를 더욱 굳건히 해주고 그의 작품에 결정적인 영향을 미친 일이 그가 알래스카에서 겪은 체험이었다. 잭 런던은 대학을 그만둔 후에 한동안 세탁소에서 하던 일을 접고, 1897년 3월에 금광 붐이 일고 있던 알래스카의 클론다이크 강 유역으로 떠났으나 노다지의 행운은 얻지 못하고, 1898년 7월에 무일푼으로 병만 얻어 돌아온다. 하지만 그가 체험한 눈 덮인 혹독한 대자연적자생존의 법칙이 지배하는 세계과 그곳에서 만난 다양한 부류의 사람들로부터 들은 이야기는 그의 사상과 그의 작품의 큰 밑거름이 된다.

『야성의 부름』, 『불을 피우기 위해서』To Build a Fire, 1908, 「북미 여행」 등 클론다이크를 배경으로 한 작품에서 잘 드러나듯이 런던에게 황량한 알래스카의 대자연은 문명의 가치는 아무런 의미가 없는 생존을 위한 투쟁의 장이자, 매혹적인 도전의 대상이었다.

그런 클론다이크를 배경으로 한 중요한 작품들 중 하나인 「북미 여행」은 1900년 1월에 문예잡지, 『애틀랜틱 먼슬리』 Atlantic Monthly에 처음 발표되었다. 이 작품은 맬러뮤트 키드와 스탠리 프린스가 혹독한 알래스카에서 겪는 거친 삶과 그들에게 인디언, 나아스가 자신의 파란만장한 운명적인 이야기를 들려주는 내용으로 이루어져 있는데, 1914년에 호버트 보스워스 Hobart Bosworth가 직접 연출하고 주인공 역을 맡았던 동명의 영화에서 그랬듯이 나아스의 비극적인 이야기에 초점이 맞추어져 있다.

아쿠탄 반도의 추장이던 나아스는 결혼식 날에 백인에게 납치당한 아내, 웅가를 찾기 위해 일본의 에도 만, 유럽, 시베리아, 알래스카를 떠돌아다니며 모진 시련을 겪는다. 그리고 마침내 알래스카에서 웅가와 그녀를 납치해 간 백인, 액슬을 찾아 그에게 복수를 감행한다. 하지만 그의 희망과는 반대로 그에게 돌아오는 결과는 비극이다. 죽음을 몰고 온 나아스의 행동이 자초한 비극에 대해 우리의 지혜로는 옳고 그름을 판단할 수 없다는 맬러뮤트 키드의 말처럼 알래스카의 설원은 법과 질서와 도덕과 윤리 등 기존 문명의 가치가 통하지 않는 곳처럼 느껴진다. 잠자고 있는 가장 근본적인 본능야성을 일깨우는 생존을 위한 투쟁의 장이자, 죽음에 대한 원초적인 두려움을 자극하고 불멸에의 동경으로 이끄는 황량한 대자연, 알래스카의 설원에서 벌어지는 세 사람의 어긋난 사랑과 파멸은 섬뜩하면서 매혹적이다.

# 잭 런던 연보

1876 1월 12일, 샌프란시스코에서 플로라 웰먼의 아들로 탄생. 8
    개월 후 플로라 웰먼은 두 딸을 둔 홀아비 존 런던과 결혼.

1879 계부 존 런던이 가족을 이끌고 오클랜드로 이주하다.

1887 오클랜드 콜 문법학교에 입학하나 집안 사정이 어려워져 학
    업을 중단하고 생활전선에 뛰어들다. 이후 연어통조림 공장
    노동자, 굴해적, 어업감시원 생활 등을 한다.

1895 19세의 나이로 고등학교에 입학하다.

1897 클론다이크 골드러시 대열에 합류하여 유콘 강 일대에서 겨
    울을 보내다.

1900 소설집『늑대의 아들』을 출간하며 본격 작가의 길로 들어선
    다. 이후 17년간 하루 1000단어 이상을 쓰는 정력적인 활동
    으로『강철군화』,『야성의 부름』등 50권 이상의 책을 쓴다.

1906 '스나크' 호를 건조해 이듬해 세계일주 여행을 떠나다.

1910 농업공동체 건설을 목표로 '울프 하우스'를 짓기 시작.

1913 8월 22일, '울프 하우스'가 화재로 전소되다.

1915 아내와 함께 하와이에서 5달을 보내다.

1916 11월 22일, 40세의 나이로 사망.

# 작가가 사랑한 도시 시리즈

**100년 전 도시에서 만나는 작가들의 특별한 여행 그리고 문학!!**

**09 라울 파방의 제1회 아테네 올림픽** 라울 파방 지음, 이종민 옮김
제1회 올림픽이 열린 아테네에 『주르날 드 데바』 지의 특파원 라울 파방이 도착한다. 기자다운 정확성으로 생생히 재현되는 IOC 창설 과정, 근대 올림픽 개최를 둘러싼 갈등, 각종 경기장들의 건립 상황 등 올림픽 뒤 숨겨진 이야기들!!

**10 라마르틴의 예루살렘** 알퐁스 드 라마르틴 지음, 최인경 옮김
'평화의 도시' 예루살렘. 유대교와 기독교, 이슬람교가 각축한 복잡한 역사를 고스란히 담고 있는 이 성소로 낭만주의 시인 라마르틴이 병든 딸과 여행을 떠난다. 시인의 내면 깊이 간직된 신앙심과 자연에 대한 애정이 이 도시를 바라보는 시선에 그대로 배어 있다.

＊〈작가가 사랑한 도시〉 시리즈는 계속됩니다!

**지은이 잭 런던(Jack London)**

1876년 캘리포니아 주 샌프란시스코에서 태어났다. 본명은 존 그리피스 체이니(John Griffith Chaney)이다. 어려운 가정형편으로 학교를 제대로 다니지 못한 채 온갖 육체노동으로 가족의 생계를 도우며 소년시절을 보냈다. 10대부터 문학에서 출발하여 니체, 다윈, 맑스, 스펜서 등의 사회 사상서를 탐독했고, 사회노동당원으로 활동하기도 한다. 1897년 알래스카를 여행하며 클론다이크 골드러시 대열에 합류하지만 이 역시 건강상의 문제로 포기한다. 이런 다양한 경험들은 글에 자양분이 되었고 1898년부터 본격적으로 글을 쓴다. 1900년 클론다이크에서 겪은 이야기를 모은 첫 책 『늑대의 아들』을 펴내고, 1903년에 『야성의 부름』으로 베스트셀러 작가가 된다. 짧은 생애 동안 『비포 아담』(1907), 『강철군화』(1908), 『마틴 이든』(1909), 『버닝 데이라이트』(1910), 『달의 계곡』(1913) 등 19편의 장편소설, 500여 편의 논픽션, 200여 편의 단편소설을 창작했다. 연간 1만 통이 넘는 편지를 받는 유명인이자, 전 세계를 여행한 모험가, 스포츠맨, 대중연설자로서도 열정적 삶을 살다 1916년에 마흔 살의 생을 마감했다.

**옮긴이 남경태**

서울대학교 사회학과를 졸업했다. 『제국주의론』, 『공산당선언』 등을 번역하며 사회과학 출판을 시작한 이후 현재는 역사와 철학 분야의 책들을 집필·번역하는 데 주력하고 있다. 지은 책으로는 『종횡무진 한국사』, 『종횡무진 서양사』, 『종횡무진 동양사』로 이루어진 '종횡무진 역사 시리즈'를 비롯해 『개념어 사전』, 『남경태의 스토리 철학 18』, 『철학: 사람이 알아야 할 모든 것』, 『역사: 사람이 알아야 할 모든 것』 등이 있고, 옮긴 책으로는 『비잔티움 연대기』(전 3권), 『반 룬의 예술사』, 『대지의 저주받은 사람들』, 『페다고지』 등이 있다.